Flora!

D/2017/4910/52 ISBN : 978-2-8061-0368-0

© Academia – L'Harmattan s.a.
Grand'Place 29
B-1348 Louvain-la-Neuve

Tous droits de reproduction, d'adaptation ou de traduction, par quelque procédé que ce soit, réservés pour tous pays sans l'autorisation de l'auteur ou de ses ayants droit.

www.editions-academia.be

Douchka van Olphen

Flora !

Roman

Du même auteur

Intimes dissemblances, Academia, 2016.

*Je déchire en lambeaux la vacuité
dans laquelle tu t'es engouffrée,
je réduis à néant ta volonté de ne plus être,
je tue ma colère envers toi qui m'a quittée.*

*Je remplace ton vide par les mots et les cris,
ils remplissent mon esprit et donnent à mon cœur
le droit d'écouler la haine pour celui qui t'a déracinée,
toi ma jolie fleur, ma sœur de cœur.*

SAMEDI 21 MARS 2015

JOUR 1

Je ne comprends pas. Pourquoi sont-ils tous agglutinés autour d'elle ? Personne ne s'inquiète de moi. Ce n'est pas juste, c'est elle la fautive. C'est de moi dont il faudrait s'occuper en priorité. C'est étrange, je ne sens rien. Je dois être mal en point. Je suis allongé sur le ventre. Je ne sens pas la pluie qui s'abat sur mon dos dans la nuit noire. Je ne sens pas le sol humide, le macadam sur mon visage. Je devrais avoir froid. Je n'ai pas chaud non plus. Je ne me retourne pas. C'est impossible. Mon corps est inerte, cassé.

Il ne reste rien de la voiture. Elle est enroulée autour de l'arbre. J'ai été éjecté. On aurait dû prendre la mienne, j'aurais pris le volant. Rien de tout cela ne serait arrivé. Flora a tout gâché. Elle n'était pas à la hauteur ce soir. Elle m'a fichu la honte. Elle a eu l'air de quoi à attendre dans la voiture que j'en termine avec les potes ? Je lui ai fait comprendre qu'elle finirait par me perdre à force de s'obstiner à refuser tout changement. Elle est partie en vrille à cause de ce strip-poker masqué. C'était original comme idée, vraiment pas méchant.

Je ne comprends pas. Flora a foncé droit sur l'arbre. J'ai eu beau me jeter sur le volant, je n'ai pas réussi à rectifier la trajectoire. Aurait-elle perdu le contrôle de la voiture ? Elle ne conduit pourtant pas si mal, c'est moi qui lui ai appris.

Quel sale temps pour le premier jour du printemps. D'épaisses gouttes de pluie s'écrasent sur moi, glissent jusqu'au sol, créent des flaques tout autour de mon corps. Aucune sensation ne me traverse. C'est mauvais signe.

Où est passé l'ambulancier qui était venu me voir ? Les phares des voitures éclairent la scène : je suis au centre d'une pièce de théâtre qui se joue dans une salle obscure. Les acteurs sont dans la lumière et moi je ne suis qu'un vulgaire objet de décor. Il y a une flaque rouge à hauteur de ma tête. Est-ce mon sang ? Ce n'est pas possible. Avec une telle quantité, j'aurais dû perdre connaissance.

Les ambulanciers emmènent Flora sur un brancard. Elle est cachée sous un tas de tuyaux et une couverture isotherme dorée. Ils l'ont enveloppée dans une sorte de matelas moulant qui l'immobilise. Ils ont posé un masque d'oxygène sur son visage. Quelle ironie. Ce soir, elle a refusé de porter celui que je lui avais acheté. Je lui en avais trouvé un splendide, avec des plumes de paon. Il m'a coûté cher.

J'espère que Flora n'est pas trop cassée, sinon je risque d'avoir ses parents sur le dos. Quelle galère. Au moins six ambulanciers l'accompagnent. Ils pourraient m'en laisser un !

Le vacarme me dérange. Qu'ils éteignent cette sirène ! J'entends les pas des gens, leurs voix, la radio de la voiture de police, les craquements de la carcasse qui menace de glisser à tout moment en contrebas, dans le fossé. Deux policiers me désignent en pointant l'index. Je ne parviens pas entendre leurs propos. Pourquoi ne viennent-ils pas me soigner ?

Je me mets à hurler : « Venez me sauver ! »

Personne ne réagit. Personne n'entend mes cris. « Mais je m'entends, moi ! Vous ne m'entendez pas ? » Je hurle encore. Quelqu'un s'approche enfin. Ce n'est pas un ambulancier. Il est vêtu d'un costume sombre et d'une veste imperméable claire. C'est peut-être un médecin. Il se penche sur moi, m'observe avec attention. Je lui demande : « Dans quel état suis-je, vais-je mourir ? »

Il ne répond pas.

Je crie : « Répondez-moi ! Je m'appelle Francis, j'ai trente-trois ans, je suis chef d'entreprise, je... »

L'homme me couvre d'un linge, s'arrête brusquement, tourne les talons et s'en va rejoindre un groupe de personnes vêtues d'uniformes variés. Il revient accompagné d'une policière de petite taille, serrée dans une veste trop étroite, les cheveux gris tirés en chignon sur l'arrière du crâne. Elle a au moins trente ans de service. L'expression sur son visage fripé m'interpelle : un mélange de tristesse et d'aversion.

« C'est si grave ? »

Un ambulancier accourt : un beau gars aux traits méditerranéens. Quelque chose le dérange. Il détourne le regard.

J'exige : « Regardez-moi, soignez-moi ! »

Sans un mot, l'homme à l'imperméable, la policière et l'ambulancier m'enveloppent dans un sac. C'est peut-être pour me réchauffer : un drap ne suffit pas pour me protéger contre la pluie, qui a redoublé de vigueur.

Je demande : « Ne me faudrait-il pas au moins une minerve ? »

Je crois rêver. Il ferme le sac par-dessus ma tête.

Je me remets à crier : « Je ne suis pas mort ! »

C'est surprenant, il ne fait pas sombre dans le sac. Il est translucide. Je continue de voir ce qui se passe autour de moi. J'ai dû mal comprendre. Mon état dramatique trouble ma perception des choses.

J'ai été transporté dans une ambulance. Elle se met doucement en route. Deux hommes sont assis en face de moi. Ils ont une mine déconfite. Le plus jeune des deux, un gars musclé aux cheveux bruns, enlève sa veste. L'autre est chauve, visiblement proche de la retraite. Il s'essuie le visage avec un mouchoir en tissu. Je m'indigne : « Dépêchez-vous, occupez-vous de moi ! »

— Ça va ? demande le plus âgé des deux.

Je crie dans mon plastique : « Je ne vais pas bien ! »

Le jeune secoue la tête, ne dit rien. Inutile d'insister. Ils ne m'entendent pas. Quel cauchemar !

— On ne s'habitue jamais à ce genre de choses, reprend le vieux.

— Tu crois que la fille survivra ? demande le jeune.

Le vieux secoue la tête, hausse les épaules.

— Encore faudrait-il qu'elle s'en sorte sans trop de séquelles. Parfois il vaut mieux qu'ils ne survivent pas.

J'entends les clignotants du véhicule, nous tournons au coin d'une rue. Je vois défiler les lumières jaunes de néons. Nous sommes entrés dans un tunnel. Pourquoi je n'entends pas les sirènes ? Il y a urgence, pourtant.

— Pauvre gars, dit le jeune en m'observant.

Je leur dis : « Voilà, intéressez-vous à moi ! »

— Ce sont les parents qu'il faut plaindre maintenant, dit le vieux.

Zut, je n'ai pas pensé à maman et papa. Ils vont se faire un sang d'encre. J'enverrai un texto quand j'irai mieux.

— Au moins, il est mort sur le coup, continue le vieux.

Le jeune acquiesce en silence.

Je jette un regard alentour. Je ne vois que des machines, du matériel médical et les deux ambulanciers.

Je demande : « Qui est mort ? »

— Une trentaine d'années seulement, reprend le vieux. Je ne peux m'empêcher de penser à mon fils. Pourvu qu'il ne finisse jamais dans un sac, comme lui. Le jeune secoue la tête.

C'est de moi qu'ils parlent ? Ce n'est pas possible, je ne suis pas mort ! La preuve, je suis bien là.

J'insiste : « Je vois tout, je vous entends ! »

Nous sommes arrêtés. Les portes arrières s'ouvrent, le jeune et le vieux me sortent du véhicule. J'entends le claquement de roues du brancard sur les pavés devant un bâtiment. Un hôpital ? Où sont les infirmiers ?

La pluie tambourine sur le plastique, les gouttes font des ricochets puis disparaissent dans l'air. Nous entrons dans un couloir. Les néons sont de retour. Ils sont plus clairs que ceux du tunnel. Nous nous arrêtons devant un ascenseur, on me pousse à l'intérieur de la cabine. Une personne appuie sur le bouton indiquant le sous-sol. J'ai compris : je descends tout droit en salle d'opération. Un son disgracieux nous prévient que nous sommes arrivés au sous-sol. En sortant de l'ascenseur, les roues de mon brancard heurtent le seuil métallique de la porte.

« Hé là, doucement ! Je suis blessé tout de même ! »

Je me retrouve de nouveau dans un couloir, identique au précédent. Une autre personne arrive, discute avec le jeune ambulancier qui m'accompagne. Qui est ce type ? Peut-être un brancardier. Je le sens, je verrai bientôt mon chirurgien.

Le nouveau se met à pousser mon brancard. Mon ambulancier remonte dans l'ascenseur. Je ne le reverrai plus. J'ai vu juste. Je serai bientôt soigné. Les salles d'opération sont souvent au sous-sol. Les roues glissent sur un revêtement lisse : du balatum. J'entre dans une salle. Une femme arrive. Elle est plutôt jolie, une brunette bien faite. Dommage qu'elle porte une longue chemise bleue, j'aurai bien aimé voir ses fesses.

Je lui demande : « Où est le médecin ? »

La femme se met à parler toute seule. Je suis tombé sur une dingue. Je me dis qu'il faut que je parte d'ici. Un homme arrive : un blondinet à peine sorti des jupes de sa mère, sûrement un stagiaire.

Je crie : « Non, je ne veux pas d'étudiant, donnez-moi un chirurgien ! »

Le jeune homme passe devant mes pieds, me jette un regard furtif, s'adresse à la jolie brunette.

— Tu veux que je m'occupe de lui ?

J'exige : « Donnez-moi un chirurgien ! »

— Plus tard, Bruno. Il faut d'abord terminer celui-ci, répond la femme.

Je m'indigne : « Il y a urgence ! Ne voyez-vous pas que je suis dans un sale état ? »

— À vos ordres, chef ! ironise le jeune gars.

Je hurle mon désespoir : « Je vais mourir ! »

À quoi bon insister, ils ne m'entendent pas. Je regarde à côté de moi. La jolie femme est penchée sur un cadavre. Suis-je à la morgue ? Je dois sortir d'ici car je crains que bientôt, la femme enfoncera son scalpel dans ma chair, m'ouvrira pour m'analyser, vérifiera ce que j'ai mangé, si je n'ai pas avalé quelque stupéfiant qui pourrait me rendre responsable de l'accident. Elle constatera peut-être que je me suis joyeusement vidé les couilles. J'ai peur de comprendre. Une peur sans douleur. Vais-je me retrouver avec un élastique muni d'un carton nominatif autour de l'orteil, comme dans les films ? Serais-je mort ? Ce n'est pas possible. Je ne serais pas là à me poser tant de questions.

Il me faut trouver une solution. Je découvre qu'une puissance nouvelle m'habite. Elle devient plus manifeste en ce moment dramatique. Elle ne vient pas de mes tripes, de mes veines. Ce n'est pas de l'énergie. Cette puissance vient d'ailleurs. Je me sens capable d'agir malgré l'évident piteux état de mon corps. Je veux reprendre le contrôle de la situation. Soudain je me redresse. Presque malgré moi, je m'assieds. Étrange sensation. Pas de douleur. Pas d'effort. Je me retourne et je vois que mon corps est là, derrière moi, étendu sur le brancard. Je détourne le regard. Ce que je découvre n'est pas beau à voir. Je refuse ce spectacle affligeant. Je dois aller de l'avant. Principe logique : si j'arrive à sortir d'un côté, je pourrai rentrer de l'autre. Je n'ai rien à faire ici. Je tente un déplacement. Cela fonctionne. Je me réfugie dans un coin, même s'il semblerait bien que je sois invisible.

À bonne distance, j'ose un dernier regard en direction de mon corps. Le sac est ouvert, il y a du sang, je ne le supporte pas. Je suis vivant, je ne suis pas mort. J'existe. Il faut que je sorte d'ici. Je me dirige vers la porte. Je veux la pousser, n'y parviens pas, ma main passe au travers. Le sentiment d'impuissance que je ressentais depuis l'accident s'est évaporé. Un nouveau champ de possibles s'ouvre à moi. Je prends congé de ma dépouille et de mes hôtes. Je reviendrai, c'est promis, mon absence n'est que provisoire.

SAMEDI 16 AOÛT 2014

Une mésange bleue est venue m'observer depuis le rebord de la fenêtre de la cuisine. Elle a sauté de la haie de charmes jusqu'à moi. Même pas peur : la vitre est son bouclier.

– Bonjour, je m'appelle Flora, lui dis-je tout bas.

De l'index, j'ajuste mes lunettes, plisse les yeux. Est-ce un mâle ? Difficile de le distinguer. Je crois savoir que les couleurs de la femelle sont moins vives, les dessins moins marqués. C'en est peut-être une, parce qu'elle n'est pas très jolie. Ou alors j'ai droit à un mâle pas très beau. En août, les couples de mésanges s'occupent de leurs petits. L'alter ego de ma mésange doit être auprès d'eux. Elle bouge sa tête frénétiquement. Il faut dire que je ne lui offre pas un beau spectacle. Chevelure hirsute, teint pâle, pyjama en coton blanc délavé, imprimé de ridicules chats roses : la mésange doit se dire qu'il y a là un drôle de spécimen humain. Je détourne les yeux de la fenêtre, la bouilloire vient d'émettre le son que j'attendais : un disgracieux « clic » plat.

J'habite avec Francis au rez-de-chaussée d'un immeuble moderne au milieu d'un lotissement neuf, avec un parc, une plaine de jeux et un supermarché. Notre appartement est composé d'une cuisine ouverte sur la salle à manger, un coin salon, une salle de bain avec baignoire, deux chambres à coucher, dont la plus spacieuse est la nôtre. Si la deuxième chambre accueille parfois des amis, le plus souvent, elle abrite mes rêves d'y voir dormir un jour le fruit de notre amour.

Nous avons emménagé à l'automne de l'année dernière. Dès notre arrivée, je me suis jetée corps et âme dans la finalisation de la décoration intérieure.

Les murs peints en blanc manquaient cruellement d'âme. Cela n'était pas un problème pour Francis qui préfère un lieu dépouillé plutôt qu'encombré. Il aime le *design*, l'art abstrait, les photographes new-yorkais. Il n'a pas hérité cela de ses parents pour qui l'art est accessoire et un bon dîner ce qu'il y a de plus précieux. J'aime bien son père. Il est doux et discret. Il a été clerc de notaire pendant trente-cinq ans. Sa passion, c'est la lecture : il empile ses collections de romans policiers sur son bureau, dans le salon, sur sa table de chevet. Il est gentil mais taiseux, se cache derrière ses livres. Je regrette qu'il ne soit pas plus présent car ma belle-mère prend beaucoup de place. Elle est bavarde, un brin tyrannique, toujours inquiète, surtout pour Jean-François, le frère aîné de Francis qui, semble-t-il, est le plus sensible des deux. Elle n'a jamais travaillé, préférant prendre soin à temps plein de sa famille. Je me demande parfois si le fait d'avoir eu pour seul univers ses fils, son mari, les murs de sa maison, les réunions parents-élèves et les fêtes de quartier, ne l'aurait pas fait perdre un peu la boule. J'avoue qu'aujourd'hui, elle m'insupporte.

Au début de ma relation avec Francis, elle était très gentille avec moi. C'était bien calculé : d'invitée à l'aider en cuisine pour apprendre à nous connaître, je suis devenue au fil des années, et à chacune de nos visites, commis de cuisine, plongeur, éplucheur, parfois même chauffeur personnel *ad interim*. Elle n'a jamais pris la peine d'obtenir un permis de conduire. Le père est donc son chauffeur attitré sauf lorsque nous leur rendons visite, car « *il vaut mieux laisser les hommes entre eux pendant que les femmes vont chercher la pièce de viande commandée chez le boucher, hein ma Flora chérie* ». Pour la décoration, disons qu'il n'y en a pas chez eux, à part dans la cage d'escalier où se suivent une dizaine de portraits des garçons à tous les stades : bébé, bambin, gamin, pré-ado, ado-boutonneux, jeune-homme.

Pour ma part, j'ai grandi dans une famille d'immigrés italiens où il n'y avait pas un mur sans papier peint fleuri couvert de photos, portraits ou tableaux évoquant un paysage toscan ou de la Calabre. Bien que n'ayant jamais eu l'intention de reproduire à l'identique le modèle familial, l'ambiance de notre appartement neuf aux effluves de peinture fraiche et silicone, avait provoqué en moi une angoisse, un vif besoin de remplir le vide. Dès notre installation, je m'étais donné pour mission d'y remédier dans les plus brefs délais. M'aidant de magazines de décoration pour les idées et, épluchant la pile de dépliants publicitaires à la recherche d'une promotion, je créais sans me ruiner notre nid à notre image : un juste équilibre de modernité et d'authenticité.

Je verse l'eau bouillante sur les feuilles de menthe que je viens de cueillir dans le jardin. Je glisse deux morceaux de sucre de canne. Pour ne pas me brûler les lèvres, je dois attendre avant de goûter le thé. Je respire les fragrances mentholées. Elles sont enivrantes, excitent mes papilles. L'eau me monte à la bouche. J'écoute le silence autour de moi. Le temps semble suspendu. Je flotte dans un intermède temporel. Le sommeil ne s'est pas encore dissipé. Il plane dans ma tête, comme la brume aqueuse sur les champs au lever du soleil. Cela me procure une sorte d'ivresse. Ce matin, le temps n'a pas d'emprise sur moi. Je vogue entre la nuit et le jour, entre aujourd'hui et hier.

Je n'ai pas vu passer l'hiver, ni le printemps qui vient de s'achever. Chaque jour jusqu'à l'été, dès mon retour du travail, même s'il était tard, j'installais un meuble, j'ajoutais de nouveaux objets : le panier en osier dans le salon, les chandeliers sur la table à manger. J'accrochais un cadre de photos, comme celui de nos vacances en Martinique.

Est-ce qu'il fera beau aujourd'hui ? Je regarde par la fenêtre de la cuisine, me rends compte que la mésange est partie. Je regrette que mes pensées m'aient éloignée d'elle. Je me sens soudain seule.

Mes yeux tombent sur une photo de Francis aimantée à la porte du frigo. Il s'y tient debout dans la salle à manger, l'air satisfait. Pour la décoration de l'appartement, Francis m'avait laissé carte blanche, préférant jouer à l'inspecteur des travaux finis, affalé dans le fauteuil du salon, les pieds sur la table basse, un verre de whisky-coca à la main. Il mettait un point d'honneur à apporter sa touche aux travaux réalisés : un cadre plus à gauche, le coussin vert au lieu du bleu sur la chauffeuse, la table basse au centre du tapis, la fougère reléguée à la cuisine. Toutes les fins de soirée d'hiver, nous les terminions blottis l'un contre l'autre dans le canapé en cuir beige, un plaid en velours pourpre extra-doux jeté sur nous. La plupart du temps, nous regardions un film d'action, même si je préfère les histoires plus profondes, porteuses de sens. Nous avons la vie devant nous. Je prendrai patience. Francis finira bien par se lasser de ces histoires musclées en surdose de testostérone.

Du bout des lèvres, je teste la chaleur du thé. Je laisse précautionneusement le liquide se faufiler entre mes dents. Je ferme les paupières. Il est à bonne température. J'ose une gorgée plus franche. Ma bouche se remplit de chaleur, mon palais jouit des saveurs végétales, épicées, sucrées. J'ouvre les yeux, mon regard tombe sur la bouteille de sirop de menthe posée à côté du frigo. Une fine couche de poussière lui donne un aspect terne.

Au printemps, j'avais eu la bonne surprise de voir de la menthe pousser dans notre jardinet. J'aime cette plante depuis mon enfance. J'ai créé mon premier potager vers l'âge de six ans, dans le jardin de mes parents. La menthe y poussait à profusion. Je lui accordais des pouvoirs magiques. Je lui vouais une véritable passion. J'aimais qu'on puisse retrouver son parfum dans les bonbons, les chewing-gums, le dentifrice, le désodorisant des toilettes, le thé de la maman de ma copine Zohra, le baume contre les bobos, les médicaments, le sirop contre la toux. La voyant ainsi, sauvage, pousser dans mon nouveau chez moi, j'avais estimé que je n'avais pas d'autre choix que de m'y remettre. Le temps d'un week-end d'avril, j'avais aménagé un potager de quatre mètres carrés, juste pour nous deux.

Malgré mon amour pour la menthe, je m'étais donné la mission de l'empêcher d'envahir l'espace réservé aux herbes. J'y avais planté du thym, du romarin, semé des carottes, des radis, des petits oignons. Malgré mes bonnes résolutions et à cause de mes absences répétées liées au travail, au début de l'été, ma chère menthe avait tant poussé qu'elle débordait sur les pavés de la terrasse. En faire du sirop m'était apparu la solution idéale au simple arrachage bête et méchant. Après en avoir cueilli une quantité importante, j'avais lavé le tout puis scrupuleusement suivi une recette trouvée sur internet. Dosages au gramme près, minuteur précis, respect de chaque étape : il me fallait réussir. Il ne faut jamais rien laisser au hasard. Chasser le risque d'erreur. J'aime voir mes efforts récompensés, j'abhorre l'échec.

J'enroule une main autour de la tasse. La chaleur est trop forte. Je soulève les doigts. J'hésite sur la manière la plus adéquate de la tenir. J'hésite souvent, pour n'importe quoi. Je manque d'assurance malgré un parcours académique sans embûches, un début de carrière prometteur, un fiancé beau gosse et intelligent qui a monté sa propre affaire. J'ai sans cesse besoin de récolter des preuves de réussite, d'être irréprochable dans ce que j'entreprends. J'ai besoin d'être approuvée, je ne peux faillir dans aucun des rôles qui m'incombent : celui de la fille de ses parents, de la belle-fille, de la sœur, de la femme et maîtresse de Francis, celui de la professionnelle et collègue efficace, peut-être plus tard aussi, celui de la mère parfaite. Le moindre échec fait s'écrouler ma confiance. Je récolte les succès comme un écureuil fait le stock de nourriture pour survivre en hiver. Voilà pourquoi je suis perfectionniste. En être consciente n'y change rien : mon existence en dépend.

L'histoire du sirop de menthe en est une parfaite illustration. Je me souviens du liquide vert, des feuilles qui avaient généreusement offert leur couleur et leurs arômes. J'avais extrait les restes qui ne servaient plus à rien, les avais jetés à la poubelle. Il y avait là quelque chose de cruel. Cela me faisait penser à mon travail dans la multinationale de pharmaceutiques qui m'emploie, où l'on use de mes compétences pour en filtrer l'essentiel, pour le bien de la société, qu'importe si je me vide, qu'importe si je m'y perds. Après une profonde inspiration, j'avais chassé mes idées noires, versé le liquide dans une bouteille en verre préalablement stérilisée à l'eau bouillante. Je me souviens que j'étais heureuse du résultat. Mais s'il en reste aujourd'hui, c'est qu'il n'a pas rencontré le succès escompté.

Je m'approche de l'étagère, passe l'index sur la poussière qui s'est déposée sur la bouteille. Francis avait goûté le sirop, l'avait jugé trop amer. Il m'avait conseillé de ne pas baisser les bras, m'assurant que la prochaine fois, je parviendrais à le rendre plus doux. Malgré sa réaction mitigée, il en avait proposé à plusieurs reprises à des invités, insistant sur le fait que c'était du « fait maison » et que « sa fleur » (c'est mon surnom) cachait de nombreux talents. J'aime bien recevoir : Francis est toujours plus élogieux à mon égard lorsque nous sommes en présence d'autres personnes. Je n'ai pas eu le courage de refaire du sirop. Maintenant, je fais du thé avec ma menthe. Je le bois seule parce que Francis m'a dit que l'odeur l'incommode.

Aujourd'hui, il est parti jouer au golf. Pour une fois, j'ai refusé de l'accompagner. Je n'aime pas ce sport. C'est trop guindé pour moi. Je ne m'y sens pas à ma place. J'ai pourtant essayé quelques fois, m'appliquant à exécuter avec précision les gestes enseignés par Francis. Mais je n'y arrive pas. Je n'éprouve aucun plaisir. Je pourrais me contenter de la simple présence de mon homme pour apprécier le moment, mais nous sommes rarement seuls, souvent accompagnés d'amis ou de relations d'affaires de Francis. Que ce soit sur le *green* ou au *clubhouse*, j'ai le sentiment de n'être rien d'autre qu'une pièce rapportée, une extension de mon mari. Je veille à ne rien laisser transparaître de mon malaise. Je mets toute mon énergie à supporter le poids d'un masque qui cadre mieux dans cet environnement que mon vrai visage. Tout cela contribue à augmenter mon stress. Au moment de jouer, mes mains moites glissent sur le club, mes forces me lâchent : je dois recommencer. Je suis celle qui fait attendre les autres. Un boulet en somme. Ce matin, j'ai osé me rebeller. Poussée par la fatigue, ou je ne sais quel soubresaut de mon subconscient, j'ai dit : « Je n'irai pas, je suis trop fatiguée ».

Je commence à le regretter. Le silence m'oppresse. Je pourrais aller jusqu'au salon, allumer la radio, remplir cette vacuité-là, au moins. Je me vois traverser la salle à manger, me pencher sur le meuble hifi, appuyer sur le bouton. Je reste figée. Seul mon bras droit bouge. La tasse fait de lents allers-retours du plan de travail en granit à mes lèvres. Je suis sur un terrain glissant, je me sens vaciller. Mon regard cherche un point d'ancrage ou une balise pour m'aider à ne pas me laisser submerger par les flots d'une angoisse venue de ces zones incertaines de mon esprit et sur lesquelles je n'ai pas de prise. Je la connais bien, mon angoisse. Elle me fait voir le monde à l'envers. Elle me fait douter de tout. Il me faut respirer, tenir bon. Je sais qu'elle ne restera pas. Elle finira bien par retourner dans les tréfonds de mon âme tourmentée.

J'étais pourtant de bonne humeur à mon réveil. Je m'étais fait plaisir en sortant dans mon jardinet pour arracher quelques mauvaises herbes et cueillir la menthe. J'avais respiré l'air frais, admiré les gouttes de rosée sur les pétales blancs du rosier grimpant récemment planté contre la clôture en bois.

L'horloge en argent brossé sur le buffet en frêne me dit qu'il est midi. Je me demande où en est Francis dans son parcours, s'il sera satisfait de son jeu. Il aime gagner. À la place du plaisir habituellement provoqué par la seule évocation de sa personne, je me retrouve ébranlée par une douleur inattendue dont l'épicentre se trouve à hauteur de mon plexus solaire. Elle m'empêche de respirer librement, rayonne jusque dans mon bas-ventre. L'angoisse me domine. Je suis son terrain de jeu préféré.

Si Francis s'amusait mieux sans moi ? Nous n'avons pas fait l'amour ce matin. Il m'a dit vouloir profiter du temps, que je devrais en faire autant, m'occuper du potager, par exemple. La douleur s'accentue, s'articule en moi comme un nœud qui se tord. Francis me fera payer mon refus de l'accompagner. Je sais que je pourrais le perdre, juste comme ça, par défaut de présence. En un claquement d'ailes, mon ange peut m'échapper, comme la mésange que je n'ai pas vu s'envoler.

L'angoisse semble vouloir s'installer. Le son que me renvoie le plan de travail en granit lorsque je dépose ma tasse, me revient comme une claque en plein visage. Mes yeux sont toujours à la recherche d'une image rassurante mais les murs se sont durcis, les angles des meubles sont devenus plus aigus. Je crains que le sol ne se dérobe sous mes pieds. Je tente par tous les moyens de me raisonner, de lutter contre les assauts de mes peurs. Je prends une nouvelle gorgée. Le thé a pris le goût d'un mauvais pressentiment. Rien ne me rassure. Les objets design qui m'entourent et que j'ai achetés pour Francis, m'agressent : le tire-bouchon en forme de cône argenté menace de venir se planter dans mon cœur, le grille-pain vert vintage me toise, la machine à expresso italienne noire et la bouilloire métallisée m'insultent, me disent toute ma médiocrité. Je perds pied, je me mets à flotter dans la pièce, mon cœur me cogne dans les tempes. L'angoisse me serre la gorge, ma respiration est saccadée.

Il me faut ce point d'ancrage ! Je dois trouver de quoi garder les pieds sur terre, ou au moins quelque chose pour flotter, pour ne pas couler. Depuis cinq ans, Francis est ma bouée. Il me fait traverser vents et marées. Sans lui, je ne serais pas qui je suis aujourd'hui. Sans lui, je ne serais rien. Avant notre rencontre à la fac, je n'étais qu'une petite barque flottant timidement sur un océan universitaire animé par des navires entiers d'étudiants brillants et des professeurs émérites. Je me terrais dans le laboratoire, bien à l'abri de l'agitation académique. Aujourd'hui, je ne me cache plus. Je suis reconnue pour mon professionnalisme : je suis invitée à des colloques. C'est Francis qui m'a attirée vers la lumière.

— Francis, j'ai si peur que tout s'arrête, lui dis-je en pensées.

Il me répète souvent que « rien n'est jamais acquis ». Je ravale un sanglot avec une nouvelle gorgée de thé. La menthe est magique, elle a des vertus apaisantes. Je pose ma main libre à plat sur le bois brut d'une planche à pain. Des miettes se calent entre mes doigts. La sensation est agréable, elle me ramène à la matière, au réel. Ma raison s'engouffre dans la brèche que les miettes de pain ont créée dans ma terreur. Je m'accroche à elles. L'angoisse s'éloigne. Quoi qu'il arrive, Francis reviendra ce soir. Après tout, ici c'est chez lui. Nous avons acheté l'appartement ensemble.

JOUR 2

Je suis passé de l'autre côté du mur. J'ai laissé les cadavres au frais dans le sous-sol, j'erre dans le bâtiment. Je ne sais pas où je suis. Je ne sais pas par où commencer. Devrais-je aller voir mes parents ? Je ne suis pas prêt. Je me demande où est Flora. Serait-elle encore vivante ? Elle n'est pas à la morgue en tout cas. Dans quel pétrin m'a-t-elle mis ? Il faut que je trouve une solution. Ce couloir est lugubre. Il ne mène nulle part. Je vais devoir être inventif, trouver mes marques dans ma nouvelle condition.

J'ai des pouvoirs spéciaux. Je ne les ai pas tous découverts. Je passe à travers les murs et la matière. Je pourrais aller où je veux, comme je veux. Je suis libre. Dans ce cas, pourquoi ai-je le sentiment d'être enfermé ? Je dois m'habituer à une nouvelle forme de liberté. Immatérielle. Je vais pouvoir épier les gens, observer leurs réactions, écouter leurs conversations sans qu'ils me voient. C'est un pouvoir remarquable. Je ne m'en réjouis pas. Je n'aime pas être invisible, j'aime être vu. Je veux exister au monde.

Je m'en vais chercher Flora. Après, j'irai voir au bureau si le navire ne coule pas. Je suis seul capitaine à bord : Vont-ils être capables de se débrouiller sans moi ? Je suis partagé entre l'espoir qu'ils ne chavirent pas et le besoin de constater leur détresse. Je veux les voir perdus en mon absence. Je leur suis indispensable : je suis le créateur de cette entreprise !

Comment trouver Flora ? Je suis sorti du bâtiment en passant par la fenêtre. Je suis heureux d'avoir quitté les néons, le balatum, les murs gris. Je flotte dans les airs. Je ne sens pas le vent frais qui fait courber la cime des arbres. Le jour s'est levé. Le mauvais temps s'est dissipé. Il a cédé la place à un ciel bleu arctique. Une mésange file à toute vitesse devant moi. Elle ne s'offusque pas de me trouver là. Je regarde vers le bas, je suis à trente mètres du sol, près d'un bois. Je n'ai plus le vertige.

Je me dis : « Réfléchis, ferme les yeux ». Mais non, que je suis bête : je n'ai plus de paupières pour l'instant. Où pourrait être Flora ? Je réfléchis, j'y mets toute ma volonté.

Je ne comprends pas comment cela s'est produit mais je me retrouve à l'entrée d'une chambre d'hôpital. Porte 363, unité des soins intensifs. J'ai brusquement quitté les nuages et j'ai atterri ici. Un nouveau pouvoir : la téléportation. C'est pratique. Quand je reviendrai, j'écrirai un livre sur mon aventure. Ce sera un best-seller.

J'entre. Au milieu de la chambre, il n'y a qu'un seul lit, entouré d'appareils divers, avec des cadrans montrant des graphiques, des chiffres et des mesures incompréhensibles au commun des mortels. J'entends des sons aux fréquences variées, résonnances disgracieuses caractéristiques d'un service sous haute surveillance médicale. Je m'approche. Je vois un visage tuméfié, un crâne bandé d'où ressortent quelques mèches de cheveux noirs. Je ne reconnais que le lobe d'oreille de Flora : le reste est méconnaissable. C'est triste. Je suis triste ! Je dirais même que la tristesse surpasse la colère qui m'habite depuis l'accident.

Mon état ne m'empêche pas de ressentir des émotions. Cela me rassure. Flora est branchée à une multitude de tuyaux dont un qui lui sort de la bouche. Son torse fait un mouvement d'allers-retours réguliers : elle respire grâce à un engin. Je me pose sur le lit. Étrange sensation de s'asseoir sans être pourvu d'un corps. Je m'approche de son visage, me demande si elle est consciente. Ses yeux boursouflés sont mauves, rouges, verts, jaunes. Même si elle le voulait, il lui serait impossible de voir. Je touche une main. Pas de réaction. Je veux la secouer, la réveiller. Il y a des limites à mes super pouvoirs. Cela me frustre. Comme elle ne bouge pas, pas même d'un cil, je renonce.

Je me dis qu'elle doit être plongée dans un coma et que je n'ai pas de pouvoir sur elle. En moi, la colère reprend ses droits. Elle aurait au moins pu tenter de se suicider seule, histoire d'éviter d'entraîner dans sa lugubre entreprise des personnes qui n'ont rien demandé ! Je ne veux pas de la mort. Ce n'est pas dans ma grammaire. Je ne suis pas destiné à mourir, mais à briller. Je réussis tout ce que j'entreprends. Je bannis l'échec de mon vocabulaire. La mort aussi, je peux l'exclure. La preuve : j'existe alors que tout porte à croire que je sois décédé. Je pense, je vois, je ressens des émotions. Rien de plus vivant. Mon corps est foutu, mon esprit est intact. Je vais me sortir de ce pétrin, j'en suis sûr. Il est hors de question de voir ce monde tourner sans moi. Sincèrement, il me reste de grandes choses à accomplir.

Flora n'a jamais rien compris. Elle a préféré mourir plutôt que partager une vie de passion avec moi. Dire que je me suis marié avec elle pour lui faire plaisir, parce qu'elle voulait faire les choses « comme il faut ». Je me suis fait avoir. Mais pourquoi se suicider ? Un divorce aurait été plus simple. J'avoue que je ne l'aurais pas laissée partir facilement. Elle a échoué dans sa tentative de se défaire de notre relation. Même dans le coma, elle m'appartient. Dans le fond, je dois lui donner raison sur une chose : elle n'a jamais rien compris à la vie. Soit. Si elle veut mourir, grand bien lui fasse. Moi, j'ai des choses à accomplir sur terre.

Je m'écarte de Flora pour prendre place à la fenêtre. J'aimerais qu'elle s'explique, qu'elle entende ce que j'ai à lui dire, qu'elle reconnaisse le mal qu'elle m'a fait. C'est une ingrate. Je l'ai tant aidée. Voilà comment elle me remercie ! Les gens faibles sont comme ça. En attendant, c'est moi qui en paye les frais. Même un condamné à mort est mieux loti que moi. Je me sens amputé de mes droits les plus élémentaires, muselé, invisible, réduit à l'impuissance. Il n'existe pas pire torture. J'aimerais au moins savoir si Flora est, comme moi, sortie de son enveloppe charnelle. Je ne la vois pas. Elle se terre dans un lieu secret entre la vie et la mort. Peut-être m'observe-t-elle à son tour depuis un promontoire invisible ? Le stress s'empare de moi.

Je crie : « Flora ! Montre-toi, il faut qu'on parle ! »

Elle se cache, c'est la seule explication possible. Elle a peut-être peur de moi, de faire face à son crime. Il me faut adoucir le ton, maîtriser ma colère. Je dois la jouer fine. Elle n'apparaîtra pas si je ne la rassure pas. Je voudrais bien changer de place avec elle. Elle devrait être d'accord, puisqu'elle a voulu mourir. Elle s'en fiche de toute façon de son corps. Elle pourrait me le céder. Enfin, je ne sais pas si j'en voudrais : elle en prenait si peu soin ces derniers temps. Il faudrait d'abord faire un régime drastique, qu'elle retrouve sa silhouette de l'époque de notre rencontre. Je m'imagine tout de même mal en femme. Encore moins boulotte ! Je divague, revenons à la réalité. Il faut que j'entre en contact avec elle. Je me rapproche de son visage.

Je lui dis : « Laisse-toi aller. Pars avec moi. Qu'attends-tu ? Tu as besoin de moi. Je suis là, montre-toi ».

Flora ne répond pas. J'admets que je manque de tact. Je devrais prendre plus de temps pour la mettre en confiance, lui dire que je l'aime ou quelque chose dans ce style. Je me mets à l'observer. J'espère apercevoir un signe de sa présence, un frémissement, une ombre, un tremblement de paupière. Je ne vois rien d'autre qu'une poupée enroulée dans des bandages avec des tubes et des câbles pour la maintenir animée. J'ai envie de frapper, de hurler, de taper avec le pied sur le sol ! Je ne peux rien faire de tout cela. Quelle injustice.

L'absence de Flora m'exaspère. Flora a le chic pour me provoquer. Ce flegme, cette indolence, j'ai toujours dû la tirer vers l'avant. Je ne me ferai pas avoir cette fois-ci. Il va falloir qu'elle s'explique. Je ferai une nouvelle tentative plus tard, quand je serai calmé.

Je jette un regard alentour. La connaissant, elle ne serait pas restée dans ce corps maintenu en fonctionnement par des machines. Elle est peut-être sortie se balader dans un champ, une forêt, un jardin ? Se cacherait-elle dans un pot de menthe ? Quelque chose me dit qu'elle n'est pas loin. Je me glisse dans une armoire blanche : elle n'y est pas. Elle n'est pas non plus dans la salle de bain, ni même pendue au plafond ou cachée derrière les stores. Je perds patience. Se cacherait-elle dans son corps ? Se serait-elle roulée en boule, bien à l'abri dans ses intestins ? N'a-t-elle compris qu'elle peut circuler ? Trop assommée, peut-être. C'est vrai : si son corps est abîmé, son esprit l'est aussi. Flora est tombée dans un abîme, dans le puits profond du désespoir. Moi je suis plus fort, j'existe encore.

 La porte de la chambre s'ouvre brusquement. J'ai le réflexe de me cacher. J'atterris dans l'armoire. Avant, j'aurais reniflé les odeurs à l'intérieur, cherchant, par exemple, à capter les fragrances d'un parfum de femme. Je ne sens rien, pas même la colle du contre-plaqué du meuble. Horreur ! Je suis entouré de quatre planches. C'est un mauvais présage. Je sors en vitesse. Mon attention est attirée par des voix provenant de l'extérieur de la chambre. L'infirmière qui a ouvert la porte, une petite blonde aux seins pointus, se retourne vers le couloir.

 – Pas plus d'une demi-heure, chuchote-t-elle.

 La personne qui la suit, acquiesce d'un signe de la tête. Je soupire. Enfin, si j'avais pu, j'aurais soupiré. C'est Natacha. Elle n'a pas tardé à venir, celle-là. C'est la meilleure amie de Flora. Je ne l'aime pas. Elle n'a jamais eu une bonne influence sur Flora. C'est une originale, une saleté de féministe qui n'en fait qu'à sa tête. Moi, elle ne me regardait pas, elle me toisait avec un petit air arrogant. J'avais exigé que Flora cesse de la fréquenter car à chaque fois qu'elle la voyait, elle me revenait rebelle, impertinente. Ça finissait toujours mal : je claquais la porte, puis je la retrouvais le soir, avachie dans le lit, assommée par des somnifères. J'avais fini par l'obliger à choisir entre cette salope et moi. Elle m'avait choisi, bien sûr.

 Natacha est une grande bringue à la silhouette de danseuse de ballet. Ses mauvaises habitudes de fumeuse l'ont empêchée de faire carrière. Elle travaille dans les relations publiques, pour le secteur artistique, cela va sans dire. Elle porte des cheveux noirs à la garçonne, avec une mèche sur le côté, des vêtements *vintage*, une veste en cuir brun usé. Elle s'avance vers Flora, approche une chaise en métal couverte d'un tissu en *skaï* gris-bleu, s'assied. Des larmes roulent sur ses joues. Elle les chasse de la paume de la main gauche. Elle est gauchère, bien sûr : elle n'aurait jamais choisi de se conformer à la majorité. Même pleurer, elle le fait à sa façon. L'eau coule abondamment, sort de partout, même du nez. Elle renifle grassement. C'est dégoutant. Il n'empêche que je jubile de la voir souffrir.

Je lui murmure : « Tu vois à quoi tes conseils l'ont menée ? ».

Natacha se gratte brusquement l'oreille. Sa main m'a traversée, je n'ai pas eu le temps de reculer. Elle a senti quelque chose !

J'entreprends une petite danse de joie dans la chambre. Je reprends espoir. Je peux passer à travers le mur qui me sépare du monde visible ! Je décide de venir chaque jour, le plus longtemps possible, pour parler à Flora. Elle n'a pas le droit de disparaître comme ça. Je pense qu'elle ne survivra pas. Si elle devait se réveiller, comment pourrait-elle vivre avec son crime ? Je ne veux pas qu'elle se paie une seconde chance sur mon dos, sur ma mort provisoire. L'amour est plus fort que la mort. Même morte, Flora m'appartiendra toujours.

JEUDI 25 SEPTEMBRE 2014

Francis rentre tard le jeudi. Après la journée de travail, il joue au squash avec un ami, puis s'offre un repas au bistro pour clôturer la soirée. De mon côté, au bureau, c'est le jour du drink de la semaine. Aujourd'hui, je n'y suis pas. Je ne suis même pas allée travailler. Je n'ai pas vu passer la journée. Il est vingt-deux heures trente. Il est temps que je mette mon plan à exécution. J'ai préparé une surprise pour mon homme.

L'angoisse que j'avais ressentie le jour où je n'avais pas suivi Francis au golf n'était pas sans fondement. À la fin de l'été, nous ne parvenions plus à communiquer et les disputes étaient quotidiennes. Aujourd'hui, nous vivons des jours plus sereins. Je sens que l'équilibre est fragile, qu'à tout moment le vent peut tourner. Par moments, Francis m'échappe. Il disparaît dans une autre vie où il n'y a pas de place pour moi. Le lien qui nous unit devient alors un concept abstrait, tout au mieux un maigre fil de coton prêt à se rompre. À chaque fois qu'il réapparaît, mes craintes s'estompent. Elles ne disparaissent jamais vraiment. Parfois, Francis me revient plus amoureux qu'à son départ. Comme à l'occasion du septième anniversaire de notre rencontre, au début du mois de septembre. Francis m'avait offert un bracelet en argent formé de cœurs entrelacés. Il m'avait dit aimer ce symbole, qu'il y voyait des corps unis dans un acte d'amour. Cette conversation, qui avait eu lieu à la lueur d'une bougie dans le restaurant d'un ami de Francis, m'avait rassurée et procuré un regain d'énergie. J'avais surtout réalisé que je n'avais rien offert à Francis.

Ce soir je vais me rattraper. Pour me libérer de mon devoir professionnel, j'ai prétexté une maladie d'un jour : la crise de migraine. Depuis une semaine, j'ai soigneusement évité d'accepter les demandes de réunions à la date d'aujourd'hui et j'ai travaillé au moins deux heures de plus par jour pour avancer dans les projets les plus urgents. Je me suis donné un peu d'avance sur les collègues. J'ai tout fait pour diminuer la probabilité qu'ils me téléphonent un jour de maladie fictive. Je suis fière de ce que j'ai réussi à entreprendre aujourd'hui.

Priant qu'aucun de mes collègues ne vienne me rendre visite dans la journée, j'ai quitté la maison à onze heures pour rejoindre Natacha dans le quartier commercial du centreville. Elle m'attendait comme convenu, au coin d'une ruelle en pavés, adossée contre la baie vitrée du café « chez Léon ». Elle était vêtue d'un jean moulant, de sabots à semelles compensées en cuir brun chocolat et d'un pull beige à la maille grossière au-dessus d'un maillot de corps rouge, ne laissant aucun doute sur le fait qu'elle ne portait pas de soutien-gorge. L'air nonchalant, mon amie s'amusait à regarder passer les gens, son inséparable cigarette bien calée entre ses doigts déliés. Quelle joie de la retrouver, de la serrer dans mes bras, de sentir son parfum au patchouli, de passer mes mains dans ses cheveux décoiffés ! Nous avions été séparées trop longtemps. Francis refuse que je la fréquente. Revoir Natacha, c'est comme une caresse sur mon âme, la confirmation que notre amitié est indéfectible. D'elle, je tolère tout, même son rituel de bienvenue : l'inspection minutieuse de mon accoutrement. Ce midi, elle avait secoué la tête d'un air réprobateur. Visiblement, mon pantalon bleu marine à la coupe droite et mon sweat-shirt à capuche gris ne lui plaisaient pas.

« Ce n'est pas seulement de la lingerie qu'on va acheter ! » avait-elle dit, m'envoyant un clin d'œil complice. Elle n'avait pas attendu ma réplique. C'est le cœur battant que je l'avais observée s'élancer à grandes enjambées dans cette ruelle où les boutiques aux vitrines intimes vendaient des vêtements et des objets improbables. Je n'avais plus qu'à la suivre.

Si je m'étais laissé guider dans ces territoires inconnus, c'était parce que j'avais besoin d'un ensemble de lingerie sexy pour surprendre Francis ce soir. Je n'y serais jamais parvenue sans Natacha. De nous deux, elle est celle qui ouvre les portes en premier. Depuis notre enfance, il n'en a jamais été autrement.

Les vendeuses des boutiques érotiques m'intimidaient à cause de leur manière d'observer ma silhouette, de lancer des compliments à propos de mes seins, de parler d'un sex-toy dernier cri de manière décomplexée. C'était un peu comme quand ma mère me raconte les derniers malheurs de couple d'une voisine : embarrassant. Par moments, j'en regrettais même d'avoir suivi Natacha plutôt que mon instinct qui aurait été celui d'arpenter les rayons des grandes enseignes classiques. Je rougissais à la moindre parole. Natacha riait beaucoup.

J'avais finalement choisi une combinaison en dentelle rouge carmin, repérée par Natacha. Un rouge ni criard, ni trop sombre qui se marie bien avec ma peau mate. Je n'aimais pas la sensation un peu rêche de la dentelle et encore moins la ficelle entre mes fesses, mais j'avoue que, visuellement, l'ensemble était réussi. Le moment du choix me restera dans la mémoire.

Natacha m'avait longuement observée. La vendeuse aux cheveux blond platine faisait de même, jetant ses yeux bleus par-dessus l'épaule de mon amie. C'est elle qui avait approuvé en premier. Elle était sincère. Je découvrais là une différence avec les vendeuses des grandes enseignes. Celles des petites boutiques vous disent sans complexes, relevant d'un geste rapide et précis le bout de ficelle qui retient les deux minuscules parties du string que vous portez : « ce modèle met en valeur le galbe de vos fesses, vous êtes trop serrée dans l'autre, de toute façon, vous ne le porterez pas longtemps, *Madame* ». Le tout suivi d'un rire abondant et bruyant.

Natacha avait confirmé le choix d'un hochement de tête. Au moment où j'allais refermer le rideau de la cabine d'essayage pour me changer, elle avait cessé de sourire. Je m'attendais à ce qu'elle me lance un regard joyeux, voire moqueur. Au lieu de cela, elle m'observait avec tendresse et une pointe de tristesse. Était-ce parce que je faisais cela pour Francis ?

Natacha ne fait pas un secret de sa méfiance à l'égard de mon mari. Toujours est-il que la pensée qu'elle avait eue à ce moment-là n'était pas heureuse. Je n'avais pas osé lui demander ce qui se tramait en elle.

Je place beaucoup d'espoir dans cette surprise. Je n'ai pas besoin de scénarios pessimistes car, si les disputes avec Francis se sont calmées dernièrement, notre vie sexuelle n'est pas au beau fixe. Depuis le printemps, Francis exige de moi des choses que je ne me sens pas capable de lui offrir. Il se dit lassé, me répète que nous devrions explorer d'autres pratiques, sortir de la routine. En même temps, il soutient que je suis la femme de sa vie, qu'il m'aime plus que tout au monde. Mon cadeau, pour lui ce soir, est une démonstration de mon désir de me dépasser pour lui plaire, une voie médiane entre mes limites et ses envies. Comme nous nous aimons, chacun devrait être capable de donner du sien.

J'ai pris une douche, j'ai longuement brossé ma chevelure. J'ai vidé un paquet de chips avant de me rappeler que je ferais mieux de manger léger. J'ai bu un grand verre d'eau pour me faire passer l'envie de continuer. J'ai sorti une trentaine de bougies d'un sachet acheté sur le chemin du retour des courses, je les ai disposées en file indienne depuis la porte d'entrée jusqu'à la chambre à coucher. J'en ai placé une dizaine autour de la baignoire, au cas où nous aurions envie de prendre un bain.

Dans le couloir, j'ai allumé un bâtonnet d'encens pour en diffuser les fragrances zen de bois de santal. J'ai refait le lit avec des draps propres, après avoir rangé et aéré la chambre qui avait grand besoin d'oxygène.

Mon téléphone émet un son de clochette. Il est posé sur le buffet à l'entrée. Je suis nue. Je cours dans le couloir pour lire le nouveau message. L'excitation m'empêche de sentir le froid sur ma peau. C'est Francis. Il me dit qu'il sera rentré dans un quart d'heure. Un frisson de bonheur traverse mon corps. Je n'ai plus que quelques minutes pour tout mettre en place. Je me précipite dans le salon. D'une main tremblante, j'allume la chaîne hifi, choisis un CD de musique orientale que Francis affectionne. Je quitte la pièce pour me préparer dans la chambre.

Vêtue de ma dentelle rouge carmin, je suis allongée sur le lit, mes boucles brunes tombant à hauteur de mes reins. J'attends Francis. L'ambiance que j'ai créée dans l'appartement me fait effet. Je me languis de lui, je me sens vibrante, humide. J'imagine nos futurs ébats, son corps athlétique enveloppant le mien, sa verge contre mon bas-ventre, ses mains sur mes seins, ses paroles douces : tu es belle, tu es ma fleur, je n'aime que toi.

J'entends la clé dans la serrure. L'ivresse me fait le souffle court. Je m'impose une longue respiration pour chasser la tension et ajuster ma position. Allongée sur le côté, une main dans la nuque, la jambe gauche croisée sur la droite, je demeure silencieuse, attendant que Francis passe le seuil de la chambre. J'entends le bruit du trousseau posé sur le meuble du vestibule, ses chaussures qui heurtent le carrelage du hall d'entrée, ses pas dans le couloir menant à la chambre. Mon cœur part, tel un cheval sauvage, au triple galop. J'en tremble, le sang me monte aux joues. Francis passe la tête par la porte. Les cheveux blonds en bataille, ses grands yeux bleus rivés sur moi, la chemise blanche à moitié déboutonnée au-dessus de son jean délavé : je le trouve beau. Je lui offre un sourire coquin. Francis me répond avec un long soupir et un regard ennuyé.

L'étalon pur-sang qui faisait tant de bruit dans ma poitrine, s'arrête net. Il tombe raide mort. Je suis en échec. Je ne sais pas si je dois me sentir gênée, être en colère ou fondre en larmes. Je garde espoir : aurait-il eu une journée éprouvante ? Une mauvaise nouvelle à m'annoncer ?

Francis s'assied sur le bord du lit, se met à retirer ses chaussures. Il me contemple sans expression. Il me caresse la jambe droite. Tout n'est pas perdu. Me redressant à quatre pattes, je m'approche de lui pour l'embrasser. Je pose mes lèvres sur la peau de son cou, remonte jusqu'au lobe de son oreille, laisse traîner ma langue, me délectant du goût sucré-salé, respirant le parfum épicé aux accents de cardamome. Francis ne me repousse pas. Je reprends confiance. Je lui susurre des mots doux.

— Si mon vêtement ne te plaît pas, il suffit de l'arracher, lui dis-je.

Francis tourne son visage vers le mien, me regarde dans les yeux. C'est un regard étrange que je ne lui connais pas.

— Ça ne te va pas, me répond-il. Quelle mouche t'a piquée ?

Je me laisse retomber sur le lit. Hébétée, je le regarde sans dire un mot. J'ai envie de pleurer mais les larmes, emprisonnées dans ma stupeur, ne trouvent pas la porte de sortie. J'en oublierais même de respirer. Si je devais en mourir, cela me serait bien égal. Ce n'est pas la première fois que l'idée me traverse l'esprit. Le sens de la vie m'a toujours semblé bien vague. Si la mort signifie l'absence de souffrance, ce n'est peut-être pas si mal.

Francis a dû prendre conscience de la violence de son attitude. Il change de regard. Il se fait plus doux, un peu comme s'il avait pitié de moi. Je n'en suis pas moins réduite à néant, un agneau résigné, tendant la gorge par-dessus le couteau de son bourreau. Francis me caresse la joue. Je ne bouge pas mais les larmes explosent de mes yeux, mouillent sa main. D'une voix douce et appuyée, il me dit :

— Flora, je t'aime, mais ce n'est pas ce que je veux. Tu t'y prends mal.

Il me regarde avec insistance.

— Viens avec moi chez Olivier et Maud, continue-t-il. Essaye au moins une fois. Personne ne te forcera à faire ce que tu ne veux pas, mais tu ne peux pas te faire une opinion sans avoir essayé.

C'est injuste. Il ne me laisse pas de choix! C'est sa loi ou rien. Qu'importe si c'est au-dessus de mes forces. Quoi que j'imagine, quoi que je fasse, rien ne sera à la hauteur des exigences de Francis.

***

Il est une heure trente du matin. Je ne dors pas. Francis ronfle dans la chambre. Deux heures que je tourne en rond avec cette douleur lancinante dans le ventre et le cœur. J'ai rangé les bougies, éteint la musique et l'encens. Je ne me sens pas le courage de lire. J'ai allumé la télévision. Les images de bonheur factice ou de violence gratuite m'agressent. Je dois faire quelque chose d'utile. Je m'en vais prendre un seau, des éponges pour nettoyer la salle de bain.

Je me mets à la tâche avec une ferveur inhabituelle, frottant tous les recoins de la pièce jusqu'à me blesser. Je n'en ai cure. Je frotte plus fort, me cassant les ongles dans le fond de la cuvette des toilettes, me déchirant la peau des doigts avec l'éponge à récurer. Je découvre combien martyriser mon enveloppe charnelle me permet d'évacuer ce mal qui fait plus de ravages à l'intérieur qu'à l'extérieur de moi. De toute façon, j'ai tout faux. Je mérite ce qu'il m'arrive. Je devrais muer, me transformer. L'ancienne Flora doit mourir, si je ne veux pas mourir de perdre Francis.

JOUR 4

Je n'ai pas pensé à regarder l'heure. Je n'ai plus la notion du temps. C'est perturbant car je ne veux pas en perdre une seconde ! Je vois bien que les jours passent, que la nuit et le jour se chevauchent, mais j'ai tendance à perdre le fil. Je refuse de rester longtemps dans cette condition. En attendant de trouver la solution, je m'évertue à parler à Flora dès que j'en ai l'occasion. Les allées et venues du personnel médical me déconcentrent, la présence de Natacha m'agace, les visiteurs en pleurs me dépriment. Je n'aime pas assister à ces visites pathétiques. Si l'un pleure, l'autre se met à parler à Flora sur un ton gâteux. Natacha ramène de soi-disant bons souvenirs d'enfance. Lorsque Flora est enfin seule, je réapparais, m'assieds à côté d'elle. Je m'approche de son oreille à peine visible sous l'épais bandage. Je fais comme l'autre jour avec Natacha : chaque mot que je prononce est intense, lent, appuyé. Je ne me fatigue pas, ma force est inépuisable.

Je lui dis invariablement qu'il ne sert à rien de lutter, qu'elle a trop souffert, qu'elle sera bien mieux là-haut, qu'il y a eu maldonne. Une erreur de tirage de cartes au moment fatal où la voiture s'est enroulée autour de l'arbre et où je me suis envolé pour finir la tête éclatée sur le bitume.

Flora me manque. Je lui répète qu'elle n'a pas le droit de se cacher, qu'il est temps qu'elle se manifeste, qu'elle ait le courage de voir la vérité en face. Mais Flora n'est pas très forte et je parie qu'elle se terre quelque part, bien à l'abri, trop effrayée de me faire face, de constater l'étendue des dégâts qu'elle a causés. Trois jours se sont écoulés depuis l'accident. Les parents de Flora ne sont pas venus hier. Ils doivent parcourir plus de cent kilomètres pour rendre visite à leur fille. Avec les marmots des sœurs et du frère à garder, je parie qu'ils ont le plus grand mal à faire coïncider leur agenda avec la nécessaire visite à Flora. De plus, si le père Domenico n'a pas un moment dans la semaine pour travailler dans le jardin et si la mère Maria n'a pas le temps de cuisiner, leur monde s'écroule. Tant mieux. Moins je les vois, mieux je me porte. Je regarde le crucifix que Maria a accroché à la lampe de chevet de Flora : ils trouvent le moyen d'être présents même quand ils sont loin. Si j'avais pu soupirer, c'est ce que je serais en train de faire à cet instant.

Natacha habite à dix minutes à pied de l'hôpital. Du coup, elle est là chaque jour. Ce qui fait que cette garce m'aide à me repérer dans le temps. Normalement, seule la famille a un droit de visite. Natacha a obtenu des parents d'être assimilée à un membre de la famille. Bien voyons ! C'est par Natacha, quel cauchemar, que j'ai appris que mes funérailles auront lieu prochainement. Je dois me rendre à la cruelle évidence que pour le monde et ceux qui m'ont connu, je suis officiellement mort. S'ils savaient... je leur réserve une belle surprise !

« Ce sera vendredi, les obsèques de Francis », avait dit Natacha au téléphone à je ne sais qui. Elle avait confié hésiter à s'y rendre.

« Il ne manquerait plus que ça ! » avais-je hurlé. Elle n'avait rien entendu. De quel droit irait-elle à mes obsèques !

La cérémonie aura lieu dans l'église du village de mon enfance. J'irai. Je n'ai pas encore vu mes parents. J'appréhende, je postpose l'instant pénible où je les retrouverai. Ils doivent être anéantis. Il ne leur reste plus qu'un enfant. Mon frère tiendra le coup, je ne m'inquiète pas pour lui puisqu'il n'a jamais rien fait d'autre que de venir se réfugier dans les jupes de maman... maman, ma pauvre maman. J'étais son diamant brut. Elle admirait ma force, ma nature entreprenante. J'avais ce qui manque aux deux autres hommes de la famille : du cran, de la puissance ! Mon père est gentil, mais c'est mou, un taiseux. Maman est désormais entourée de deux mollusques. Elle va dépérir, c'est certain. Il me faut trouver une solution.

Deux infirmières entrent dans la chambre. Elles poussent un chariot rempli de produits médicaux. C'est le moment de la toilette. Je dégage. Je refuse de voir le corps abîmé de ma femme révélé à la lumière des néons, sa nudité exposée au regard d'inconnues venues laver ses membres et son intimité avec des gestes précis et professionnels. Flora est réduite à une marionnette inanimée, un objet à entretenir. L'envie me prend de me jeter sur elle, de prendre possession de son corps, de l'entendre soupirer et crier, de la sentir frémir, vibrer, suer sous mon étreinte. Flora est à moi, pas à eux. Dieu que ma virilité me manque !

Je me retrouve dans le couloir. J'ai le bourdon. Je regarde autour de moi à la recherche d'une distraction. Je ne suis pas seul. Je repère une silhouette, puis deux, puis quatre. Elles flottent, comme moi. J'essaye de me voir à mon tour. Je tire un bras vers l'avant, ne vois rien. Comment est-il possible que je puisse voir des silhouettes de personnes ayant quitté leur corps, mais pas la mienne ? Depuis que j'ai laissé derrière moi la morgue et ma lamentable dépouille, je vois des âmes errantes. Elles se déplacent discrètement, vaquent à leurs occupations. Il y en a une qui, depuis mon arrivée, m'observe à distance : c'est celle d'un homme âgé. Elle vient, m'observe pendant un temps, puis repart. Quand je lui fais signe, elle disparaît. Cet errant ne se laisse pas approcher. Le voilà de retour. Il recommence son petit manège. Que me vaut ce regard dédaigneux ? Je ne le connais même pas ! J'essaye de le nier mais c'est difficile. Il me met mal à l'aise. Je décide de lui tourner le dos que je n'ai plus. Cela fonctionne : je ne le vois plus.

Je décide d'aller à la rencontre de mes semblables. Je veux dire par là, d'autres âmes errantes plus jeunes, pas celles de vieux grabataires comme le vieux qui me toise. Ceux-là devraient déguerpir plutôt que de rester à traîner dans les couloirs. Ils sont inutiles, n'ont rien à apporter à personne. Je veux rencontrer des gars comme moi, des gars talentueux, jeunes, intelligents, qui n'auraient jamais dû être là. Ils pourront peut-être m'en dire plus à propos de ce vieux fou. J'ai besoin de relations sociales. Après tout, depuis l'accident, je n'ai eu de conversation qu'avec moi-même et avec Flora qui ne me répond pas. Je suis fatigué de mes monologues.

La solitude me pèse. Je pourrais peut-être me faire une petite copine. Est-il possible de copuler entre fantômes ? J'ai vu passer beaucoup d'âmes errantes aux soins intensifs. Il y en a même qui, comme moi, n'ont plus de corps dans un lit. Ceux-là ne restent jamais longtemps. Je suis comme toujours l'exception qui confirme la règle, avec je crois, ce vieillard qui m'agace.

Au bout du couloir à gauche, j'aperçois un errant, un gars d'à peu près mon âge. C'est plus précisément une ombre translucide à l'allure athlétique, qui se déplace avec élégance. Sûrement le reflet en miroir d'un type, quelque part allongé dans un lit du service. Un des nombreux à être branché à des machines qui le gardent en état de fonctionnement. À moins qu'il ne soit comme moi ? Il m'intéresse : je trouve que je lui ressemble. Je m'approche de lui.

— Salut, lui dis-je, l'air de rien.
— Salut, me répond-il, pas surpris du tout.

J'allais lui demander où est son corps mais il me devance.

— T'es nouveau ? me demande-t-il.

Je suis surpris. Il ne l'est pas ?

— Je ne sais pas, lui dis-je, haussant les épaules que je n'ai pas.

Il rit, sa silhouette s'illumine. Il est vraiment beau gosse.

— Tu n'as pas trouvé comment te repérer dans le temps ? demande-t-il.

Je suis contrarié. Il me prend pour un bleu.

— Bien-sûr que si ! Comme toi, je vois défiler les jours et les nuits. Puis, il y a une gonzesse qui vient chaque jour au chevet de ma femme. C'est par elle que j'ai appris que mes funérailles auront lieu dans trois jours.

Mon interlocuteur affiche un air étonné. Il reprend le questionnement :

— Tu es mort ?

Sa question m'énerve. Je lui réponds :

— Pour le moment il semblerait que je sois mort. Je suis à la recherche d'une solution.

L'homme se met à rire de plus belle. Ce beau gars commence sérieusement à me courir sur le haricot ! Je m'efforce de rester calme. Je change de sujet. Je lui demande :
— Comment t'appelles-tu ?
— Pierre-Antoine.

Je me dis que c'est un prénom de gosse de riche. Il a dû avoir une belle enfance, bien nourrie, bien entretenue.
— Il est où ton corps ?
— Juste là, répond-il, pointant du doigt un type immobile dans un lit.
— Ça fait longtemps que tu es là ?

Il rit encore.
— Le temps a de l'importance pour toi ? interroge-t-il sur un ton guilleret hautement agaçant.

Je déteste qu'on se moque de moi. Je lui cache ma contrariété car je veux en apprendre davantage sur lui. Je lui demande :
— Comment es-tu arrivé ici ?

Il hoche tristement la tête. Ah ! Voilà qu'il affiche un air moins jovial !
— Un accident de ski. Ma famille possède un chalet en Suisse.

Je jubile : j'avais raison, c'est un gosse de riche ! Il m'intéresse. J'ose une prochaine question.
— Dans quelles circonstances ?
— Je suis tombé en glissant sur une plaque de verglas. Ma tête a heurté un canon à neige mal sécurisé.
— Tu n'es blessé qu'à la tête ?
— En effet. L'hémorragie s'est récemment résorbée mais je reste dans le coma.
— Pourquoi ? Certaines fonctions sont endommagées ? Tu as peur de te réveiller diminué, d'avoir perdu certaines facultés ?

Pierre-Antoine me regarde comme si je venais de Mars.
— Tu ne comprends pas..., me répond-il sur un ton de maître d'école.

Il se prend pour un vieux sage. Dieu qu'il m'énerve ! Je mets toute mon énergie à me maîtriser, à ne rien laisser voir. Je veux connaître la raison de son non-retour corporel. Après tout, je touche au mystère de la vie et de la mort. Je le regarde avec insistance. Pierre-Antoine se déplace en direction de la fenêtre du couloir où nous nous trouvons. Je me rends compte qu'il fait un temps radieux. À peine un nuage dans le ciel. Pierre-Antoine regarde dehors. Il semble mélancolique. Je le ressens aussi fort que s'il avait mangé de l'ail. Je flaire les émotions comme si chacune d'elles avait une fragrance particulière. Je me place en face de lui, en position d'écoute.

— En fait, je...

Pierre-Antoine s'arrête, me regarde, s'écrie :

— Je ne connais même pas ton nom !

— Pardon, moi c'est Francis.

Je lui fais un signe de la main pour l'encourager à reprendre sa phrase.

Il reprend :

— Pour que je me réveille, il faudrait que je trouve une raison de revenir à la vie, un véritable but en somme.

Je reste sans voix. Je me dis : un jeune gars, beau, riche, corps et esprit intacts, se demande si cela vaut la peine de vivre. C'est dingue, mais... c'est une aubaine ! J'ai trouvé ma solution. J'exulte. Je dois m'y prendre avec intelligence. Affichant un air compatissant, je lui dis :

— C'est vrai, après tout, c'est important d'avoir une raison de vivre.

Tu n'en as pas ?

Il hausse les épaules qu'il n'a pas pour l'instant, se met à m'expliquer :

— Mon existence était trop lisse. J'ai eu une famille aimante, des femmes, j'ai vécu dans le luxe et le confort, sans soucis d'argent, de santé, de travail. J'ai vécu sans autre tracas que celui de m'occuper de ma petite personne, qui s'est d'ailleurs toujours fort bien portée. Tu comprends ? Cela n'a pas de sens. Il me faut trouver une bonne cause, revenir ascète ou quelque chose dans ce style.

Je suis stupéfait.

— C'est difficile de choisir une bonne œuvre, il y a tant de malheur dans le monde, lui dis-je.

Il soupire, regarde au-dehors. J'en rajoute une couche :

— Une fois retourné à la vie, ta famille et tes habitudes, comment pourrais-tu être certain de tenir tes engagements ?

— Chasse le naturel, il revient au galop ! me répond-il. C'est bien pour cela que j'hésite.

— Ce n'est pas si mal, la mort, dis-je soudain avec assurance.

Il me lance un regard étonné. Je poursuis :

— Je sais de quoi je parle. C'est assez libérateur. À tous points de vue.

— Tu es le premier mort qui soit venu me parler, dit-il. D'habitude ils s'en vont rapidement ou restent à distance.

Je pense au vieux errant mystérieux. Peut-être qu'il m'évite parce que je ne suis pas vraiment mort ? Je ferais mieux de garder cet espoir pour moi. J'offre à Pierre-Antoine mon plus beau sourire translucide et lui dis :

— Je confirme qu'il y a une existence après la mort !

Il se met à rire. J'atteins mon but. Il faut battre le fer tant qu'il est chaud. De but en blanc, je lui lance :

— Si tu veux, on échange nos places.

— Quoi ?! hurle Pierre-Antoine, quittant le rebord de fenêtre à la vitesse de la lumière.

Je le poursuis. Il arrête sa course – ou devrais-je dire son vol – devant la porte de sa chambre. Je m'approche de lui. Il recule. Je tente une explication :

— Je ne voulais pas t'effrayer, écoute-moi : si tu hésites, moi pas du tout ! Si tu me laisses ton corps, je te promets que je l'utiliserai à bon escient, il suffirait que tu me racontes ta vie, que tu... attends !

Pierre-Antoine n'a pas voulu en entendre davantage. Il a disparu. Je regarde dans la chambre où le corps intact que je convoite est allongé. Je l'observe de plus près. Je remarque un léger frémissement. Il est retourné dans son corps.

Il a dû avoir peur que je le lui vole. Je ne ferais jamais cela. Je ne suis pas un criminel. Si je devais intégrer le corps d'un autre, ce serait de commun accord, comme un échange de services.

Malgré l'échec cuisant de cette première tentative, j'ai le cœur plus léger. Je suis satisfait, j'ai trouvé ma solution. Il faudra juste que je m'y prenne autrement, que je trouve la bonne personne. Il me faut un corps fonctionnel – bien bâti – avec une âme qui ne veuille plus de la vie. Je dois trouver un bon candidat au suicide qui s'est raté sans trop s'amocher.

SAMEDI 8 NOVEMBRE 2014

Dans ma famille italienne, chaque anniversaire est un prétexte pour se rassembler au grand complet. Ce samedi, je suis convoquée chez mes parents pour fêter mes trente-et-un ans. Comme il n'est plus question d'aller dans le jardin avec les huit degrés qu'il fait dehors, nous nous retrouvons agglutinés dans le salon, dans ce pavillon cossu au milieu d'un joli quartier boisé, à cinq kilomètres de la ville la plus proche. Mes parents l'ont acheté lorsque, à leur retraite, ils ont touché leurs deux assurances-vie. Avant cela, ils ont vécu trente ans dans la rue principale d'un village, une rangée de maisons semblables, des potagers dans chaque jardin et à peine de la place pour se garer, tant la rue était étroite et les enfants qui y jouaient nombreux.

De ma maison d'enfance, je regrette surtout le jardin. Papa jardinait beaucoup. Il me laissait quelques coins sauvages pour que je puisse y jouer, expérimenter à ma guise. Mon père n'était pas comme moi : il se servait de manuels trouvés dans le rayon « entretien jardin » des grandes enseignes. Je le voyais heureux de maîtriser la nature, d'en faire ce qu'il voulait. Je ne le comprenais pas. Je m'extasiais devant la vie comme elle se présentait à moi : sa diversité, sa volonté de grandir, de se répandre, sa force qui me semblait inépuisable, qui venait de la terre dans laquelle j'aimais fourrer mes doigts pour y rencontrer les insectes qui couraient sur mes mains ou qui s'enfonçaient avec hâte dans leurs galeries souterraines. Je les observais se précipiter pour retrouver l'intimité rassurante de la terre, comme des enfants se jetant dans l'étreinte de leur mère. Je m'imaginais être l'un des leurs, entourée de mille compagnons, tous pareils à moi.

Dans le nouveau jardin de mon père, la pelouse ne compte pas la moindre mauvaise herbe, trèfle ou pissenlit. Dans les coins ombragés, pas d'orties, pas de menthe, mais des rhododendrons parfaitement taillés. Papa veille au grain. L'été, il inspecte quotidiennement le jardin pour en maîtriser la moindre brindille. Il n'hésite pas à se faire aider de quelques pesticides bien connus parce que « tout le monde le fait et ce n'est pas son petit jardin qui va changer le monde ». J'ai beau lui expliquer les dangers pour sa santé, pour les insectes qui donnent vie à la terre, rien n'y fait. Il ne m'entend pas. À l'automne, il offre une coupe courte aux arbustes, la chasse aux mauvaises herbes est remplacée par celle des feuilles mortes.

Maman prétend ne pas avoir la main verte. Elle achète les herbes fraiches au supermarché. Elle dit que c'est beaucoup plus pratique. Dans ces conditions, je ne peux que me sentir étrangère à la maison de mes parents. Mes deux sœurs aînées, Marta et Magda, ainsi que mon frère cadet Matteo me considèrent un peu comme une extra-terrestre, celle qui, à défaut d'avoir trouvé sa place dans la fratrie, s'en est inventée une à part, pour se distinguer. Ils n'ont pas tout à fait tort. Je suis la seule à avoir fait des études universitaires, à avoir quitté la région et surtout à avoir un prénom qui ne commence pas avec un « M ». Le choix du prénom « Flora » viendrait, selon mes parents, du fait que *Mamma* était tombée enceinte de moi le printemps où papa avait planté une haie de rhododendrons le long de l'allée du garage. L'explication m'a toujours laissé un sentiment mélangé d'incrédulité et de perplexité.

Dans la cuisine hyper équipée ambiance « cottage » de ma mère, j'aide à poser les gâteaux, cakes et biscuits sur des plateaux. Les nièces et neveux les plus jeunes se bousculent pour être les premiers à les apporter au salon, comme de parfaits domestiques, torses bombés, visages graves.

Je savoure la proximité avec ma mère. Nos mains s'appliquent aux mêmes tâches, se croisent, se frôlent. Soudain, ma mère saisit mon poignet gauche, le tire vers elle, fronce les sourcils. Elle observe une brûlure sur mon avant-bras.

— Qu'est-il arrivé Flora ?

Je tente de récupérer mon bras mais ma mère le tient fermement.

— Je me suis brûlée en sortant le poulet du four hier.

C'est la vérité. Je suis maladroite et distraite. Parfois, je ne me rends pas compte que je me blesse.

Ma mère ne quitte pas des yeux la plaie. Elle secoue la tête.

— Tu as toujours quelque chose. Tu aurais dû mettre une compresse.

— *Mamma*, je n'ai pas mal. Ce n'est rien.

Ma mère soupire, laisse filer mon bras. Je suis soulagée de le récupérer.

— J'ai une bonne crème dans la boîte à pharmacie. Je te la donnerai ce soir. Tu prendras aussi les restes de la polenta. J'en ai gardé spécialement pour toi.

Je hoche la tête. Maman m'embrasse sur le front, me pince l'autre bras, celui qui n'est pas blessé.

— Et arrête de te ronger les ongles ma chérie, qu'as-tu donc à te faire tant de soucis !

— Que veux-tu, lui dis-je, les chiens ne font pas de chats. Il paraît que je te ressemble.

Je souris. Maman aussi. Elle aime que je lui rappelle notre ressemblance. Même si, à mon avis, celle-ci ne se limite qu'aux aspects physiques. Nous échangeons des regards complices. Depuis qu'elle est à la pension, Maman a du temps. Elle s'est adoucie, est plus souriante qu'avant, s'implique dans les activités sociales du quartier. C'est aussi elle qui a décidé de l'aménagement intérieur, une copie conforme d'un catalogue de décoration, avec la touche italienne en plus : le crucifix et les photos des ancêtres.

Elle est une grand-mère dévouée, dont mon frère et mes sœurs abusent largement. Pas un week-end ne se passe sans qu'elle n'ait un petit-fils dans les jambes, si ce n'est pas toute une flopée. Avec l'âge, on dirait qu'elle cherche à ressembler de plus en plus à une sainte. D'ailleurs, *Mamma* voue un amour profond pour la Vierge. Après tout, elles portent le même prénom.

Ma mère quitte la cuisine pour demander qui veut du café, qui du thé. Je mets la bouilloire en route, sortant de la poche arrière de mon jean le sachet de feuilles de menthe que j'ai ramené de la maison. *Mamma* ne pense pas à m'acheter de la menthe fraiche. Mais elle pense à me téléphoner. Elle peut m'appeler plusieurs fois par semaine « juste pour parler » comme elle dit. Je ne vois pas où est l'intérêt de parler pour parler, mais ma mère adore ça. Souvent, elle me raconte le dernier exploit d'un neveu : une dent tombée, un premier calcul, une crotte dans un pot. C'est censé m'émouvoir, mais pour moi, ce n'est qu'un rappel de plus que je suis la seule de ses enfants à ne pas avoir de progéniture.

Je m'en veux d'avoir de telles pensées. *Mamma* a travaillé comme une acharnée pour préparer biscuits et gâteaux, la famille est venue en nombre pour me fêter et moi je trouve le moyen de broyer du noir. Il me faut prendre l'air. Je me sens à l'étroit. Je veux aller dehors, sortir dans le jardin par la porte arrière. Il faudrait pour cela que je traverse le salon. Je tente de me tracer un itinéraire discret. Mes yeux tombent sur Francis. Il est assis dans un fauteuil fleuri aux tons bleu clair, la jambe droite jetée par-dessus la gauche. Le pied qui n'est pas au sol se balance au rythme de la musique pop qui émane de la radio posée sur le buffet en pin derrière lui. Il s'ennuie. Je le vois à son regard dans le vide, sa mimique de circonstance, faussement serein.

Je devrais aller le voir mais je reste figée. Je ne sais pas quoi faire. Je crains qu'il ne me demande de partir plus tôt, qu'il m'en veuille de lui imposer ma famille bruyante, de lui faire perdre son samedi. Au réveil ce matin, il avait émis un long soupir lorsqu'il s'était rappelé le programme de la journée. Il m'avait demandé si sa présence était indispensable. Je n'avais rien répondu. Il s'était finalement levé en me rappelant qu'il faisait cela pour moi et qu'il fallait que je m'en souvienne. Je m'étais sentie coupable. Dans le fond, je ne sais pas si j'avais envie de cette journée. Je me pose rarement ce genre de question.

Une corbeille argentée remplie de chocolats est posée sur la table de la cuisine en attendant d'être portée au salon. Je choisis une *manon* enrobé de chocolat blanc, avec de la crème au café et, en son cœur, une noisette entière. Je la glisse dans ma bouche, la laisse fondre, appuie avec la langue pour accélérer le processus. Le sucre et la crème m'apaisent, la noisette, dure, me contrarie. C'est le quatrième chocolat que je mange. Les trois premiers étaient des rectangles pralinés. Il n'y en a plus dans la corbeille. Je me dis qu'après celui-ci, je vais devoir m'arrêter. Tout un défi. J'ai grossi. Mes proches l'attribuent à une vie trop sédentaire. Je devrais arrêter le grignotage et le verre de vin chaque soir après le travail.

Mamma revient du salon. Quinze cafés et trois thés! Elle m'embrasse, me murmure à l'oreille d'aller rejoindre les convives car, après tout, c'est ma fête. Je m'en vais me frayer une place parmi la foule braillarde. J'en trouve une dans l'un des deux canapés en cuir beige, entre mon père et la *Zia* Graziella, la sœur de ma *nona* paternelle.

À quatre-vingt-cinq ans, elle est notre doyenne. Mes grands-parents sont décédés depuis longtemps, parce que les *nonos* sont morts trop tôt pour avoir travaillé dans les mines et que les *nonas* ont vieilli trop vite pour avoir eu à tout porter en l'absence de leurs maris.

Francis n'a pas bougé de son fauteuil. Je le trouve beau dans sa chemise à carreaux multicolores. J'éprouve de la peine pour lui. Il déteste par-dessus tout se trouver au milieu d'un attroupement de gens, de surcroît lorsque ces derniers sont bruyants et bavards, dans une pièce trop exiguë pour en accueillir autant. Il déteste le sentiment que cela lui procure d'être la pièce rapportée : l'accessoire qu'il faut bien accepter mais dont on pourrait très bien se passer. Mon cousin Gianluca s'est approché de lui. Il a posé une fesse sur l'accoudoir gauche du fauteuil qui accueille Francis. De toute la troupe de jeunes, c'est celui qui aurait le mieux réussi, dit-on. Il a monté une affaire de consultance en informatique, roule dans une berline allemande noire, parle fort. Je le suspecte d'avoir des dettes. *Mamma* l'a invité malgré le fait qu'il soit en froid avec la *zia* Graziella. Une histoire de matériel non rendu, de ragots vexants. Ma mère l'a invité parce que le pardon, c'est important.

La *zia* Graziella me présente un plateau de biscuits ronds nappés de sucre glace. Le petit Enzo, le cadet de ma sœur aînée Marta, l'avait déposé sur la table de salon recouverte d'une nappe en dentelle blanche. Chacun aurait pu se servir à sa guise mais cela fait partie de la fête de se passer les plateaux. C'est l'idée du partage.

Ce n'est pas facile de refuser quelque chose à la *zia* Graziella. Elle est en quelque sorte notre reine-mère. Elle a le droit, reconnu de tous, de dire à tout moment ce que bon lui semble. Je refuse malgré tout de me servir d'un biscuit, passant le plateau à mon père, qui a posé son bras paternel sur mes épaules. La *zia* Graziella grogne.

— Pourquoi ne prends-tu pas un biscuit ? me demande-t-elle.

Se penchant en avant, sa lourde poitrine reposant sur ses genoux, elle tend un bras, arrache le plateau des mains de mon père.

— *Scusi Mimmo*[1], murmure-t-elle.

La *zia* se raidit, grogne encore. Je redoute la suite, soupire. De ses doigts fripés et boudinés, ma grand-tante choisit un biscuit et le colle sous mon nez, que j'ai d'ailleurs assez long pour qu'il menace à tout moment de se trouver maculé du sucre glace. Je recule la tête, tente un discret refus, puis renonce. Résignée, je saisis le biscuit. La *zia* n'est pas satisfaite pour autant.

— Pourquoi ne manges-tu pas, ma petite fille ? Es-tu malade ? me demande-t-elle de sa grosse voix inquiète.

Elle a parlé fort. L'assemblée entière s'est arrêtée de bavarder. Je vois au regard de Francis qu'il savoure le soula-

---

[1] Mimmo : diminutif de Domenico.

gement que ce silence procure à ses oreilles. Il connaît bien les sorties quelque peu théâtrales de la *zia* Graziella. Il m'adresse un clin d'œil accompagné d'un sourire complice. Cela me réchauffe le cœur. La *zia* Graziella, avec sa forte corpulence, ses cheveux teints auburn relevés en chignon sur le sommet du crâne, me toise avec autorité. Je crains le pire. Je tente une esquive.

— Je n'ai pas de problème. Je n'ai pas faim, c'est tout.

La *zia* n'est pas satisfaite de la réponse.

— *Allora,* tu nous caches quelque chose ?
— Pas du tout.

Dans ma tête, je cherche une excuse autre que : « j'ai grossi et je dois faire attention » mais rien de crédible ne me vient à l'esprit. Ma grand-tante se remet à grogner :

— Quand allez-vous enfin nous donner un petit *bambino* ? crie-t-elle.

Voilà donc à quoi elle voulait en venir. J'ose à peine regarder Francis. Je cherche un moyen de calmer la douleur dans ma poitrine. La *zia* a dû sentir mon embarras. Elle s'en prend à Francis.

— Tu l'as épousée, maintenant tu dois lui faire *un bambino* hé !

Francis ouvre la bouche pour répondre, mais *zia* Graziella ne lui laisse pas l'occasion d'émettre un son.

— On va finir par penser que tu as un problème pour faire ton travail, tu comprends ce que je veux dire ?

Francis se redresse dans son fauteuil mais ne répond pas. Il a l'air soucieux. Le sang me monte aux joues. Je rougis à sa place. Il s'apprête à répondre mais la *zia* lui coupe une fois de plus la parole :

— Dans la *famiglia,* les femmes sont fertiles. Regarde Maria, elle en a fait quatre ! Et moi, j'en ai fait sept !

Rires dans le salon. Ma grand-tante glousse. Francis secoue la tête, feint de rire. Il répond enfin :

— Ne vous inquiétez pas zia Grazzi, cela arrivera un jour.

J'ai envie de pleurer. J'aimerais tant que ce soit vrai.

***

Sur le chemin du retour, je cherche mes mots. Je veux sonder Francis sur ce qui s'est produit avec *zia* Graziella. J'aimerais connaître ses sentiments, savoir s'il pensait vraiment ce qu'il a dit, s'il songe enfin à devenir père. Je veux éviter une question trop frontale qui pourrait l'agacer. J'ai envie d'être mère depuis longtemps. J'espère que cela nous aiderait à nous retrouver, à donner un nouvel élan à notre relation. Je me dis que Francis semble d'humeur propice. À la fin du repas, j'avais prétexté un mal de tête et une grosse fatigue pour rentrer rapidement. Francis avait poussé un soupir de soulagement lorsque la porte d'entrée s'était refermée derrière nous. Il m'avait offert un baiser fougueux tant il était heureux de quitter les lieux. C'était bon, je le sens encore sur mes lèvres. Cela me donne le courage d'aborder l'épineux sujet de la descendance.

Francis roule prudemment. Dans la nuit noire, les arbres se plient sous la force du vent et les assauts de la pluie battante. Le comportement responsable de mon mari, l'habitacle confortable de la berline me procurent un sentiment de sécurité. J'ose la première question :

— Tu penses vraiment ce que tu as répondu à zia Grazzi ?

Francis soupire. Je me dis que j'ai manqué de tact.

— Je n'ai jamais dit que je ne voulais pas d'enfants, me répond-il sur le ton du reproche.

Je me sens coupable, mais je ne sais pas de quoi. Sa réponse n'est pas assez claire. Elle ne me rassure pas. J'essaye de m'y prendre autrement :

— Tu as toujours été assez évasif sur la question des enfants...

— Que veux-tu que je dise ? me répond-il.

J'ose le tout pour le tout :

— Si on s'y mettait alors ?

— Pourquoi pas.

Francis ne détache pas les yeux de la route. J'ai peine à en croire mes oreilles. Je n'ose rien dire. Je devrais hurler de joie mais la façon de répondre de Francis — froide et désintéressée — me blesse. Il affiche un air indifférent malgré son désir exprimé de me faire un enfant. Je redoute ce qui se cache derrière son attitude étrange. Une idée me vient à l'esprit. J'ai postulé pour le poste de Directeur Recherche et Développement. Tout porte à croire que je vais l'obtenir. Ce serait une voie royale pour un autre poste à Washington. Francis m'a vivement encouragée à le faire. Il rêve depuis l'enfance de vivre aux États-Unis. Je le vois comme une opportunité de nous inventer un nouveau chemin. J'ai trouvé un argument de poids : faire un enfant avant de s'expatrier, parce que la protection de la maternité est plus favorable ici que là-bas. Parce qu'une fois de l'autre côté, ce serait mal vu que je tombe directement enceinte.

— Ce serait bien qu'on en fasse un rapidement, dis-je, rompant le silence. On ne sait jamais que j'obtienne le poste à Washington.

Francis hoche la tête. Il a l'air pensif.

— Il faudrait que tu arrêtes de grignoter et de boire.

— Mais, je ne suis pas accro !

— Tu as un problème avec l'alcool, Flora. Il est temps que tu l'admettes.

Je me sens minable. C'est vrai que je me suis habituée à boire un verre chaque jour, d'abord à cause des apéros après le travail mais aussi parce que j'accumule les soirées solitaires. Francis est toujours parti ! L'alcool endort...

— Je te le promets, je peux arrêter du jour au lendemain ! lui dis-je à travers mes larmes qui jaillissent sans que je ne sache les retenir.

— Tu en es au stade où tu bois seule quand je ne suis pas là. D'ailleurs, ça me dégoûte.

— Ce n'est plus comme avant entre toi et moi, dis-je cherchant à me justifier.

— Les gens évoluent. Tu devrais en faire autant.

Le silence s'empare de l'habitacle. Le visage de Francis se fige. Il reprend le supplice.

— Tu as besoin d'aide.

Il me regarde furtivement. Je me recroqueville sur moi-même, les mains moites, jointes et callées entre les jambes. Francis pose sa main droite sur ma cuisse. Sa chaleur est vibrante.

Je ne bouge pas mais en pensées, je la saisis, de toutes mes forces.

— Tu sais, reprend Francis, je viens d'engager une psy. Elle est notre coach. Elle est géniale. Si tu allais la voir ? Je suis certain qu'elle pourrait t'aider.

Je baisse les yeux. J'accepterais n'importe quoi pour que s'achève cette conversation. Je déteste avoir mal. Les pensées se bousculent dans ma tête. J'essaye de faire le tri : avoir en enfant nous donnerait un autre rapport à la vie et me lierait à jamais à Francis. Je sais que ce n'est pas la meilleure des circonstances pour devenir mère, mais il faut à tout prix que j'arrive à ce qu'il me fasse confiance, qu'il me désire de nouveau, comme avant. Serai-je assez forte ?

À ce moment précis, je me sens incapable de relever les défis que Francis me lance. Pour commencer, je pourrais ne plus toucher à un verre de vin, me soigner avec des médicaments s'il le faut, consulter la psychologue qu'il me conseille. C'est vrai que ce que je lui présente n'est pas très glorieux : des kilos en trop, une émotivité incontrôlée, un penchant pour la boisson, une fatigue chronique... je ne peux m'en prendre qu'à moi-même. Comment en suis-je arrivée là ? J'ai l'impression de m'être perdue quelque part sur la route. Quand je cherche au fond de moi, je ne trouve rien d'autre qu'un abominable vide. Force m'est de reconnaître que je ne suis pas très douée pour la vie. Pas celle des hommes en tout cas. J'ai été parachutée au mauvais endroit. J'aurai dû naître fourmi, scarabée, fleur ou pousse de menthe. Je ne discerne pas le langage des hommes. J'aime la terre. J'aime l'infiniment petit. J'aime les éléments qui sont à la source de la vie. Eux, au moins, je les comprends.

JOUR 7

J'ai quitté l'hôpital pour assister à mes obsèques. C'est agréable de se trouver dehors, de voir autre chose que des vestes blanches, des patients agonisants et des âmes errantes généralement peu enclines à la conversation. Il y a toujours ce vieux type qui m'observe à distance. Hier, il me regardait en secouant la tête. Quand j'ai voulu l'approcher, il s'est évaporé. Quelle couardise. Il n'apparaît que dans les couloirs des soins intensifs. Du coup, je reste plus longtemps aux urgences. Ce n'est pas plus mal : c'est par là qu'arrivent la majorité des candidats au suicide.

Trois jours sont passés depuis ma rencontre avec Pierre-Antoine et je n'ai toujours pas trouvé le bon suicidé-raté. Je dois m'armer de patience. D'autres diront que j'ai tout mon temps. Je ne suis pas d'accord. La vie n'attend pas. Je dois en être. J'ai de grandes choses à faire sur terre. J'étais en bon chemin pour léguer mon nom à la postérité. À trente ans, je suis le fondateur d'une société de conseil en management qui emploie vingt personnes. Je suis coach de chefs d'entreprise, je dîne avec des top managers ! Je suis victime d'une effroyable bévue. Le destin s'est emmêlé les pinceaux. Le tableau n'est pas fini, il attend que le peintre retrouve un second souffle, aligne les couleurs dans le bon ordre sur la palette. J'aime cette allégorie. Mon œuvre inachevée m'attend. L'artiste véritable est irremplaçable. S'il avait été juste que je meure, je ne serais pas là à chercher une solution à ma condition ! Je serais parti comme les autres, à jouer je ne sais où avec des petits anges aux fesses charnues.

Je suis dans la chambre où a lieu ma mise en bière. La pièce est comme toutes les autres : classique à en mourir. Tiens donc, je fais de l'esprit !

Ma condition ne m'empêche pas d'avoir de l'humour. Ni d'éprouver des émotions. Parfois, j'ai peur qu'on vienne me chercher. J'ai peur qu'une sorte de force m'arrache définitivement au monde, que mon décès soit irrémédiable. Depuis que j'ai quitté l'hôpital, je rase les murs. Je me rassure en me disant que dans ce lieu de recueillement ne viendront, en principe, que mes proches. Une mise en bière, c'est intime, une affaire privée.

J'observe mon corps étendu dans le cercueil. On dirait une poupée de cire, vêtue d'un costume bleu marine, une chemise blanche et une cravate assortie. Ce qui reste de mes cheveux blonds a été coiffé sur le côté. Ma tête est méconnaissable. Ils ont tenté de recoller les morceaux. Ce n'est pas très réussi. J'avais pris grand soin de mon visage. Il ira bientôt pourrir entre quatre planches, à deux mètres sous terre. Je vais devoir y renoncer. Il ne m'appartient plus.

Le cercueil est en bois teinté noir. Mes parents n'ont pas lésiné sur les moyens. Il y a des poignées argentées, des détails élégants. L'intérieur semble plus douillet que ne l'était mon lit : c'est tout maman. Papa aurait préféré une couleur de bois naturel, plus clair, sobre. C'est maman qui porte la culotte à la maison. Il en a toujours été ainsi.

J'entends des pas dans le couloir. J'espère que ce ne sont pas ceux de mes parents. Je ne suis pas prêt. Il faudrait que je le sois. La porte s'ouvre. Deux employés des pompes funèbres s'approchent de moi, enfin, de mon corps. L'un ajuste quelques détails dans le cercueil, l'autre dépose une gerbe. Je leur dis : « C'est bon les gars, il y a overdose de fleurs ! »

Bien sûr, ils ne m'entendent pas. La pièce est fleurie à outrance. Je ne suis pas une gonzesse tout de même ! Une mélodie résonne soudain dans la chambre. Quelle horreur, de la musique de salle d'attente !

« Pourquoi pas une valse tant que vous y êtes ? »

Je râle dans mon coin. Les employés s'en vont. Je suis consterné. La porte s'ouvre de nouveau. C'est maman. Non, je ne suis pas prêt !

Maman est toute petite. Vêtue de noir de la tête aux pieds, elle porte son sac à main devant elle, comme une vieille bobonne qu'elle n'est pas. Elle a été chez le coiffeur, les boucles au bout de ses cheveux gris sont figées dans la laque. Elle a le teint pâle, la peau chiffonnée, le regard trouble. Elle s'approche de moi, pas de mon corps, je dis bien : de moi. Je me tiens prêt à l'accueillir dans mes bras. Elle me passe au travers, ne se rend compte de rien. Derrière elle, papa traîne les pieds. On dirait qu'il a rétréci. Il porte un costume gris anthracite trop large. Son visage est jaune, ses yeux sont à peine visibles derrière ses épaisses lunettes brunes.

Je crie : « Papa, ne t'en fais pas, je suis là ! »

Il ne m'entend pas. Une muraille invisible nous sépare. J'ai beaucoup de peine. J'entends des sanglots. Ce sont ceux de maman. Je me retourne, l'entoure comme je peux. Elle sèche ses larmes à l'aide d'un mouchoir détrempé. Elle renifle, parle à demi-mot. Je tends l'oreille que je n'ai pas. Je me concentre, je veux savoir ce qu'elle raconte. Un flot de petites paroles échappe de sa bouche, comme une prière. Je ne suis pas croyant. Je ne suis pas curieux de savoir ce qu'il y a « de l'autre côté », je ne suis pas impatient de rejoindre la lumière ou les ténèbres, quoi que cela puisse être. Tout ce que je veux, c'est la vie.

Je me demande ce qu'ils diront de moi à l'église. Je n'y ai plus mis les pieds depuis ma première communion, évènement auquel j'ai participé pour faire plaisir à maman. Papa s'approche de mon cercueil. Il pose une main tremblante sur ma tête, l'enlève rapidement. C'est la sensation de froid qui le surprend. Pauvre papa. Il ne pleure même plus. J'ai mal dans mon âme. C'est injuste, j'ai envie de hurler mon désespoir. Je crie de toutes mes forces. De toute façon, personne ne m'entend. Papa rejoint maman. Il passe un bras par-dessus les épaules, l'embrasse.

— Il est beau, n'est-ce pas, ma chérie ? murmure-t-il dans une tentative un peu maladroite de remonter le moral de sa femme.

Je lui dis : « Inutile de te voiler la face, je suis méconnaissable ».

Maman approuve la remarque de mon père en reniflant bruyamment. J'ai envie de pleurer. Je ne peux pas. Je me rends compte combien cela aurait été libérateur de donner libre cours aux sanglots. C'est utile d'avoir un corps. Je suis emprisonné dans ma souffrance : impossible d'évacuer, de soulager quoi que ce soit. Je suis aussi léger que transparent mais jamais je n'ai eu le cœur aussi lourd.

Je m'approche de mes parents. J'essaye de les étreindre. Un bref instant, ils se redressent, ont l'air étonné.
Maman frissonne.
– Il y a un courant d'air ? dit-elle.

Papa ne répond pas, soulève le col de son veston trop grand. Moi je crois sentir leur chaleur. Je me souviens de l'odeur du parfum de maman, de la peau de papa : bouquet de fleurs et crème vanille. Leur douleur me fait mal. Jamais je n'aurai connu telle agonie.

***

J'ai quitté mon corps et mes parents parce que je ne les supportais plus. Je me suis déplacé jusqu'à l'église. La foule attend sur la place. Elle attend l'arrivée du corbillard. Je repère les collègues du bureau, les amis d'enfance, les cousins, les cousines. Maud et Olivier cherchent une place pour se garer. Ils ont été malins, ils ont pris la *Mini*. Voilà les parents de Flora. Ils attendent à l'écart, les pieds dans la pelouse du petit parc qui se trouve en face de l'église. Ils regardent la statue de la vierge. J'espère que Natacha n'aura pas le culot de venir. Où est mon grand frère, Jean-François ? Je suis étonné de ne pas le voir. Il me suffirait d'un instant de concentration pour que je le trouve, comme j'ai fait avec Flora, mais j'y renonce. J'attendrai qu'il vienne à moi.

Je me dirige vers un groupe de femmes : des amies de Flora. Je me pose à hauteur de l'épaule de Lucie. Après Natacha, c'est l'autre amie inséparable. Elle est petite, boulotte, avec des seins gros comme des ballons de foot. Même le pull le plus chaste a un côté indécent sur elle. Elle porte une chemise grise en soie. Les trois premiers boutons sont ouverts. Je suis à bonne hauteur. Ses longs cheveux roux sont attachés en tresse mais une mèche rebelle court dans sa nuque à peau laiteuse. Lucie parle avec des gestes amples, les autres l'écoutent religieusement. Elle donne des nouvelles de Flora : ses paramètres se sont améliorés, elle se remet doucement de la fracture du crâne, elle reste fragile mais on ne sait pas quand elle sortira du coma.

— Si elle devait se réveiller, demande *Capucine-la-copine-de-la-fac*, est-ce que les médecins prévoient des séquelles ?

Lucie hausse les épaules.

— Personne ne peut dire si elle remarchera ou même si elle retrouvera toutes ses facultés…, répond Lucie.

Elle marque un temps d'arrêt pour ravaler une émotion trop vive, continue sa phrase :

— … je veux dire ses facultés mentales.

Les filles se raidissent. L'effroi se lit sur leur visage. Ce serait terrible pour Flora. Une honte aussi, d'avoir, par ce geste irresponsable, gâché une belle carrière, un avenir brillant. Dire qu'elle était déjà Directrice. Tous ces efforts pour finir par se jeter contre un arbre. C'est à n'y rien comprendre. Je me demande quand les copines de Flora se mettront à parler de moi. Elles sont à mes funérailles tout de même !

— Où est Natacha ? demande *Catherine-l'autre-copine-de-la-fac*.

— Elle est restée auprès de Flora, dit une voix forte et basse.

C'est celle de Martine, une grande femme africaine aux traits fins et généreux à la fois, les cheveux coiffés en tresses ramenées en queue de cheval par un élastique doré. Elle est d'origine congolaise. Je ne la connais pas très bien. Avec Natacha et Lucie, elle fait partie des plus anciennes amies de Flora. Leur amitié remonte à l'école primaire. Martine est aussi franche et directe que Natacha. Elle ne m'a jamais aimé. D'où la distance. Elle n'est même pas venue à notre mariage. Elle n'a rien à faire à mon enterrement. Je me déplace, me colle à son oreille, à hauteur de la boucle en or en forme de feuille.

Je hurle : « Dégage ! »

Une main indolente me traverse. Elle a dû me confondre avec un petit coup de vent. Malgré la conviction que j'y mets, mes actions ont l'effet d'un faible souffle, un courant d'air tout au plus. C'est affligeant ! Je me lasse de ces filles. Je jette un regard alentour. Qui vais-je observer maintenant ?

— Tu crois que c'est une tentative de suicide ? demande *Stéphanie-la-joueuse-de-badminton*.

J'allais m'en aller mais je m'arrête net.

— Tais-toi ! dit Martine avec autorité. Ce n'est pas un suicide !

Je crie : « Si, c'est un suicide... et un meurtre ! »

— Tout porte à croire... insiste Stéphanie bravant l'omerta.

Lucie l'interrompt :

— Tu ne sais pas de quoi tu parles.

Lucie se penche vers le centre de l'assemblée qui forme un cercle autour d'elle.

Sur le ton de la confidence, elle dit :

— Écoutez-moi bien les filles, ce n'est pas un suicide, cela ne peut pas être un suicide, c'est clair ?

Martine appuie les paroles de Lucie d'un hochement ferme de la tête, croisant les bras à hauteur de la poitrine. Stéphanie fait de grands yeux ronds, n'ose plus rien dire.

Je me remets à crier : « C'est un suicide raté et un meurtre réussi ! »

— De toute façon, renchérit Martine, moi je connais Flora depuis qu'elle est gamine : elle n'aurait jamais fait ça.

Stéphanie pince les lèvres. Elle est visiblement frustrée.

Je me colle à son oreille.

Je lui murmure : « Vas-y », dis-leur ce que tu penses. J'insiste, je répète la phrase trois fois.

Le regard de Stéphanie est animé par une lueur nouvelle, provoquée par l'audace que je lui ai insufflée. Elle lève le doigt comme à l'école, lance d'une voix tremblante :

— Il n'y a pas eu de traces de freinage...

Lucie et Martine fulminent. Martine s'approche à quelques millimètres de Stéphanie. Elle se baisse, se plie en deux pour placer son visage en face de celui de la petite blonde frondeuse.

— Elle a eu un malaise. Un M.A.L.A.I.S.E., répète-t-elle sur un ton menaçant.

Je suis dépité. La tentative de suicide de Flora n'a pas été révélée, le meurtre de ma personne maquillé en banal accident de la circulation. Cela ne m'avait pas traversé l'esprit qu'il puisse y avoir un doute sur la cause de mon décès et du coma de Flora. C'est injuste. Martine, Lucie et Natacha complotent pour occulter la vérité, pour que le geste de Flora ne reste qu'une vague hypothèse, impossible à prouver. C'est criminel. Flora doit être mise face à ses responsabilités. Il y a eu mort d'homme tout de même !

Stéphanie observe ses pieds puis lance un regard incrédule à sa voisine, une nana que je ne connais pas. La voisine l'ignore. Je n'ai plus rien à faire ici. Je m'en vais voir les cousins. Ils doivent sûrement parler de moi.

***

L'église est sobrement décorée. Il y a un bruit de fond discontinu de murmures, de chaises que l'on déplace, de sacs qui se posent sur le sol, de nez qui se vident dans des mouchoirs. Je suis assis sur la marche de l'autel. J'observe l'assemblée. J'ai retrouvé mon frère. Lorsque mon cercueil est arrivé, il est sorti d'un véhicule, m'a porté, avec quelques-uns de mes amis d'enfance jusqu'à l'autel. C'était émouvant.

La foule est assise. Toutes les places sont prises. Certaines personnes se tiennent debout, adossées contre les murs de pierre blanche à l'entrée de l'église. Jean-François est assis à côté de maman et papa, sur la première rangée à gauche. De l'autre côté, à droite, il y a les parents de Flora. C'est presque comme au mariage, mais en noir. Je maudis le jour où je lui ai dit oui, où je lui ai passé la bague au doigt. En le faisant, j'étais loin d'imaginer que je signais là mon arrêt de mort.

Jean-François tient la main de maman. Il a les yeux rouges. Je ne peux m'empêcher d'être jaloux. Il se montre affecté mais je parie qu'il dissimule une joie certaine de me savoir loin. Le voici enfin débarrassé de moi, ce boulet de frère cadet, ce rival qui lui a été imposé trois ans après sa naissance. Il a de nouveau les parents à lui tout seul. Maman lui appartient plus que jamais et elle pleure, pleure, pleure. Papa est à moitié présent. Je m'inquiète pour lui. Il semble plus mort que moi.

J'observe ma cérémonie funèbre avec attention. Mon frère m'offre un beau discours. C'est un excellent orateur. Il faut laisser à César ce qui lui appartient. J'aime la description élogieuse qu'il fait de moi. J'aime moins qu'il se l'approprie, comme si ma personne, mes talents, mes qualités lui appartenaient désormais plus qu'à moi-même. Je n'écoute pas l'homélie du prêtre. Cela ne m'intéresse pas, ne me concerne pas. Pendant qu'il parle, j'observe maman. Les paroles de l'homme d'Église l'apaisent ou l'endorment, je ne sais pas. Elle a l'air plus calme, ferme les yeux. Elle renifle à intervalles réguliers, ne pleure plus. C'est déjà ça de gagné. Je crois que la musique a été choisie par Christian, mon ami d'enfance. Il a réussi à imposer un tube de Depeche Mode. Le prêtre a fait une grimace quand « *Precious* » a résonné dans l'église. Je suis fan et heureux que mes choix musicaux aient été respectés. Je suis ému par le beau et court discours de Christian. Il n'a jamais été très loquace, de toute façon.

Le prêtre a repris la parole. Je ne sais pas ce qu'il baragouine, je ne comprends rien. Le son monotone de sa voix a un effet soporifique, même sur moi qui ne connais plus les aléas et les limites d'une enveloppe charnelle. Je commence à m'ennuyer. Je m'ennuie à mes propres funérailles ! C'est un comble. Je perds mon temps ici. J'ai des choses à faire, je rate peut-être un bon candidat. Je décide de m'en aller. De toute façon, je n'avais pas envie d'assister à la mise en terre. C'est trop lugubre. Je reviendrai plus tard pour voir ce qu'ils m'auront mis comme pierre tombale.

JEUDI 11 DÉCEMBRE 2014

À ta carrière prometteuse ! s'époumone mon chef, levant son verre de champagne en ma direction. Les collègues de mon département l'imitent docilement. Ils se sont rassemblés en masse dans la cafétéria pour le troisième drink de la semaine. Le premier a eu lieu d'emblée le lundi après-midi à dix-sept heures trente pour fêter un contrat juteux. Le deuxième a été organisé mercredi pour le départ à la retraite de Jacques. Le troisième clôture la semaine en célébrant ma promotion qui m'a projetée à la place hautement convoitée de Directrice Recherche et Développement. Dans la multinationale qui m'emploie, il y a des drinks toutes les semaines ou presque. Lorsqu'il n'y en a pas – un fait rare – il est de bon ton de boire un verre après les heures de bureau dans le café irlandais au coin de la rue. Je suis de celles qui ne ratent aucun rendez-vous. Traîner dans les bars, entretenir une vie sociale active, ne me sont pas venu spontanément. Au début de mon engagement, je suivais mes collègues parce que je m'y sentais obligée. Aujourd'hui, j'y ai pris goût.

À tel point que mon verre de vin blanc est devenu un repère au bout de la journée, comme une bouée à laquelle je m'accroche, la perspective d'une délivrance. C'est le moment où je peux relâcher le stress accumulé tout au long de la journée.

C'est aussi pour cela qu'il m'est difficile de diminuer ma consommation. Je ne suis pas alcoolique – je n'en suis pas à ce point-là – mais cela me détend, me désinhibe. J'en parle à l'amie psychologue de Francis. J'y vais deux fois par mois pour régler mon problème émotionnel dont je ne saisis pas l'origine. Francis est satisfait de me voir suivre son conseil.

Devant mes collègues, je lève mon verre, impatiente de sentir le liquide pétillant délier le nœud que j'ai dans le ventre. Francis me manque. Il aurait dû être présent. Il a décliné l'invitation, prétextant un dîner d'affaires. J'ai postulé pour le poste parce qu'il m'y a encouragée, parce qu'il contribue à notre projet commun : une nouvelle vie en Amérique. Pour moi, la perspective de partir outre-Atlantique, c'est avant tout l'espoir d'arracher Francis à ses fréquentations hasardeuses qui font du tort à notre couple. Un secret que je garde en silence, que je ne partage avec personne, pas même avec Natacha. S'il n'y avait pas cet espoir de refaire notre vie ailleurs, je me serais bien gardée de poser ma candidature. Je ne me sens pas les épaules assez larges pour supporter le poids des lourdes responsabilités qui incombent à un membre du comité de direction. L'enjeu vaut bien le sacrifice de mes épaules.

Je souris à l'assemblée, chasse mon envie de pleurer. Je fais quelques pas de danse et une révérence burlesque. Je reçois hilarités et applaudissements en réponse. Je déteste me mettre dans la lumière car elle m'aveugle, me rend vulnérable. Pour le supporter, j'endosse mon déguisement de collègue décontractée, originale. L'authentique Flora, quant à elle, se fait toute petite dans un coin de mon cerveau. Un dédoublement de personnalité que je constate avec un certain flegme, comme le scientifique qui observe des rats agonisants dans son laboratoire. Mes collègues m'appellent, scandent mon nom, réclament le discours. Je me suis préparée : ma doublure est rodée à ce genre d'exercice. Je dois avouer qu'une partie de moi est satisfaite. C'est la partie qui a besoin de reconnaissance. Mon cœur se met à galoper dans ma poitrine. Je porte un regard alentour, à la recherche d'une distraction.

La caféteria n'a pas le même luxe que les bureaux qui ont été rénovés l'année dernière par un architecte d'intérieur. Notre cantine manque de convivialité, avec ses murs abîmés dont la peinture jaune pastel commence à s'écailler.

La pièce, dotée de cinq étroites fenêtres rectangulaires, est éclairée par des néons à la lumière brutale. Les tables en contre-plaqué laqué blanc d'ordinaire alignées deux par deux, ont été poussées sur le côté, créant un espace assez grand pour contenir les collègues à l'humeur festive.

J'ouvre la bouche pour m'exprimer mais je suis brusquement happée par la véritable Flora qui surgit du coin où je l'avais confinée. L'insoumise active tous mes signaux d'alarme. Je me sens rétrécir. Mon cœur m'échappe, dérape, change de rythme. Ma gorge se serre. Je respire profondément, esquisse un sourire, avale une généreuse gorgée de Cava. J'ai un trou de mémoire. Comment avais-je décidé de commencer ?

Les collègues s'impatientent de m'entendre les remercier et promettre un avenir brillant pour le département Recherche et Développement. Je ne suis pas dupe. J'ai conscience que la majorité des personnes présentes dans la salle m'envient en silence. Je sais que certaines sont à l'affût de la moindre faiblesse de ma part. Elles m'achèveront sans vergogne dès la première occasion.

Je décide de me concentrer sur mes collègues directs : Clarisse, Nicolas et Jean. Ils sont sincères. Ils me regardent avec affection mais ne manifestent aucune joie. Je les sais tristes de me voir gravir un échelon car ils recevront un autre chef d'équipe. Les chances pour que ce dernier soit moins honnête que moi sont grandes. Je n'en reviens pas d'avoir obtenu ce poste sans tricher, sans planter un couteau dans le dos d'un collègue, sans mentir. Quoique... à l'évidence, je me mens à moi-même. Après une profonde inspiration, je laisse ma voix résonner dans la salle. Je suis étonnée de l'aplomb que j'affiche alors que je déballe des phrases futiles, des promesses de circonstance. Francis me revient à l'esprit. Je me demande ce qu'il aurait pensé de ma prestation. Une douleur intense se réveille dans mon estomac, me force à m'arrêter en pleine phrase. Quelques collègues le mettent sur le compte du Cava.

— Prends encore un petit verre, Flora ! crie Géraldine, la brunette lisse, championne des hypocrites aux airs angéliques.

Son intervention m'est parvenue comme une gifle en plein visage. Je décide d'abréger mes souffrances et de couper court à toute autre tentative de déstabilisation. Je réponds sur un ton victorieux :

— Comme un bon verre vaut mieux qu'un long discours, à la vôtre !

***

La soirée est identique à toutes les autres : bruyante et arrosée. J'en aurais même oublié Francis s'il ne s'était pas mis à me mitrailler de messages près d'une heure après mon discours, s'excusant de n'avoir pu être présent, me demandant de ne pas tarder, de saluer ceux qu'il connaît, de me modérer sur la boisson, d'être prudente sur la route. Après la joie ressentie de recevoir tant d'égards de Francis, je commence à m'inquiéter : ne devrais-je pas rentrer au plus vite ? Il est à la maison. Ai-je tort de le faire attendre ?

Mon portable frétille sur le bois humide du bar comme un poisson échappé du bocal. C'est Francis qui me dit qu'il m'aime. Je décide de rentrer. Je passerai au *night shop* m'acheter des chewing-gums à la menthe pour masquer l'haleine d'alcool. Le vin blanc est traître, son odeur s'installe sur la langue, vous fait passer pour un alcoolique en moins de verres qu'il n'en faut. J'aurais dû prendre de la vodka. C'est plus discret.

Il est vingt-trois heures trente. Je gare la voiture sur le parking au pied de l'immeuble. La place réservée à la plaque d'immatriculation de Francis est vide. Il avait pourtant dit qu'il ne ferait rien, qu'il m'attendrait. Je n'ai pas de nouveau message sur mon téléphone portable. Sans prendre la peine de mettre ma veste, je sors de la voiture, me mets à courir. L'air froid me brûle les poumons, la peau nue de mon décolleté rougit à son contact. Mes pieds glissent sur le sol verglacé. Je manque de tomber, me rattrape de justesse à la rampe des escaliers qui mènent à la porte d'entrée. À bout de souffle, je pousse la double porte vitrée du bâtiment. Le chauffage dans le hall d'entrée n'apaise que la surface de ma peau car en moi la peur me glace le sang. Je cours vers la porte de l'appartement. La main tremblante, je glisse la clé dans la serrure, rencontre le noir. À tâtons je cherche l'interrupteur, le trouve. Clic.

Une feuille de papier arrachée d'un agenda est posée sur la tablette en pierre bleue qui accueille d'habitude nos clés, gants, écharpes. Je reconnais l'écriture de Francis : « Suis parti chez Olivier et Maud. Ne m'attends pas. Bisous ». Pourquoi ne m'a-t-il pas appelé ou envoyé un message ? Pourquoi cet abandon alors qu'il n'a eu de cesse de me solliciter ce soir ? Voulait-il s'assurer que je sois rentrée tôt ? Aurait-il été invité en dernière minute ? Se serait-il décidé sur un coup de tête ? Tant de questions sans réponse. Je vis le silence dans l'appartement comme une violence physique, comme si les flammes de l'enfer brûlaient mes entrailles. Je me regarde dans le miroir au-dessus de la tablette. Des flots de larmes dévalent de mes joues.

J'essaie de réfléchir. Que devrais-je faire ? Lui téléphoner ?

Cela ne sert à rien. Francis a horreur que je le harcèle.

« C'est la honte, ta femme qui t'appelle sur ton portable pour que tu rentres au bercail », me dirait-il.

Jetant mes chaussures dans un coin du salon, je m'affale dans le sofa. Je saisis un coussin, l'utilise comme arme contre moi : me frappant la tête en hurlant. Je suis minable, un rien m'ébranle. Je ne suis même pas capable de plier bagage, d'envoyer tout valser. Je ne le peux pas, parce que derrière, il y a ce vide que je redoute tant. J'ai peur de tomber dans un gouffre sans fond. J'ai peur qu'il n'y ait rien ni personne pour me rattraper dans ma chute. Je voudrais étouffer l'angoisse, la faire taire pour toujours. J'appuie de toutes mes forces, les fibres du coussin entrent dans les plis de ma bouche, la cavité de mes yeux. J'étouffe. Presque. Je relâche la pression. Je suis une dégonflée. Je suis faible. Je respire.

Des images de Francis nu dans les bras d'une autre, me parviennent. Je tente de les chasser mais elles sont coriaces. Je le vois entouré de naïades dénudées, les unes plus belles que les autres, dans l'une des chambres de la grande maison de Maud et Olivier. Je ferme les yeux, prie pour que d'autres images, plus clémentes, viennent m'apaiser. Mes paupières fermées m'offrent du noir, du brun, des flashs de lumière mais elles ne me protègent pas de la réalité.

Je réalise brusquement que je suis attendue demain matin à mon premier comité de direction. Une peur vient en remplacer une autre : comment vais-je faire pour m'endormir ? J'ai la bouche et la gorge sèches, l'estomac noué. Je ne mangerai rien ce soir. Tant mieux, sauter un repas ne peut que me faire du bien. Ma tête me fait souffrir. On dirait qu'un petit diable s'amuse à taper au marteau à l'intérieur de mon crâne. Il faut l'arrêter, sans quoi je ne m'endormirai jamais. Je me traîne jusqu'à la salle de bain pour prendre un verre d'eau et un gramme d'aspirine. Cela ne suffira pas pour faire taire les douleurs. Dans la boîte à médicaments en métal, il y a aussi les somnifères. Deux grammes de benzodiazépine devraient suffire pour me mettre hors d'état de fonctionner, hors d'état de souffrir. Une dernière pensée : vérifier le volume du réveil avant de fermer les yeux.

JOUR 20

Maria et Domenico sont arrivés tôt ce matin. Je parlais à Flora qui ne se montre et ne me répond toujours pas. Je n'en peux plus de ce petit jeu de cache-cache! Je finirai bien par l'attraper. Après tout, j'ai une longueur d'avance sur elle. Elle ne gagnera pas. Elle n'est pas assez forte pour cela. Ma force et ma volonté sont inépuisables alors que Flora est faible. Elle finira par céder. Elle n'a plus beaucoup de bandages. Elle a recouvré son identité. Il lui reste des marques de ses blessures, des croutes, des traces d'ecchymoses. Je suis tout de même soulagé de revoir son visage, son corps à la peau mate, ses gros seins moelleux. Notre couple me manque. Je me demande comment nous en sommes arrivés là. Tout cela n'a pas de sens. On ne se suicide pas pour si peu.

Maria est venue avec une caisse en plastique bondée d'objets : des peluches, des livres, un nouveau pyjama avec des petits cœurs, des lapins en carton pour l'ambiance de Pâques dans la chambre, des œufs en chocolat pour le personnel soignant. Maria ajuste la position d'un lapin sur la table de chevet, embrasse sa fille vingt fois, se parle à elle-même. J'observe la scène depuis le fauteuil en *skaï*. Domenico attend patiemment près de la porte que son épouse termine de planter le décor. Soudain, la *Mamma* me passe au travers, s'assied à ma place. Je dégage à la vitesse de la lumière. Je ne tolère pas qu'elle puisse poser son arrière-train sur ma personne. Je me réfugie près de la fenêtre. De là, je peux tout aussi bien les observer. Ils sont affligeants. Je comprends leur peine, je ne suis pas un monstre, mais je ne supporte pas leur façon de s'occuper d'elle. On dirait que Maria vient d'accoucher de Flora. Elle s'adresse à elle comme on parle à un nourrisson : « tu es belle, *cara mia, ti amo,* ma petite chérie ». C'est insupportable. Si je pouvais, j'en vomirais.

J'ai envie de leur dire qu'ils sont d'une niaiserie à faire fuir tout à la fois Cendrillon, la Reine des Neiges et Bambi ! Ils ne parlent jamais de moi. Pas même entre eux, pas même à demi-voix. On dirait qu'ils occultent mon existence. Je parie qu'ils n'ont pas été voir ma tombe depuis mon enterrement. C'est comme si je n'avais jamais existé. Ils avaient pourtant l'air satisfaits de savoir leur fille bien installée dans un appartement de standing !

Maria coiffe Flora, lui fait sa toilette avec précaution, lui tient la main, la caresse. Elle n'a de cesse de lui parler. Après la tarte à la crème, on passe aux informations sans intérêt, aux faits divers. Rien qu'à cause de la coulée de futilités qui sort de la bouche de la *Mamma*, si j'étais à la place de Flora, je ne reviendrais pas. Voilà, elle remet ça. Elle lui parle des problèmes digestifs de la voisine Carla ! Domenico, au moins, il la joue plus discrète. Il s'est assis sur un tabouret, lit le journal : chronique sur le match de foot de la veille. Il faut bien passer le temps. D'ailleurs, je perds le mien. Je ferais mieux de m'en aller.

J'ai envie d'aller au bureau. J'hésite. La dernière fois, j'en suis sorti furax. Ils envisagent de me remplacer par un incapable, un type qui fait beaucoup d'esbroufe mais qui n'a rien dans le pantalon. Je me rassure en me disant qu'au moins celui-ci ne sera pas difficile à déloger quand je serai de retour. Je dois me dépêcher, être à l'affût, ne jamais perdre de vue mon objectif premier : trouver le bon candidat-suicidé. Rester à attendre dans le couloir à côté de la chambre de Flora ne mène à rien. De plus, je risque à tout moment de croiser le vieux errant sénile au regard dédaigneux. Celui-là doit avoir un égo surdimensionné pour oser me défier de la sorte. Je ne me laisserai ni impressionner, ni provoquer. Je suis bien plus futé que lui.

Je m'en vais faire un tour aux urgences. Il faut que je trouve un bon suicidé-raté. C'est peut-être le jour. J'aime me poser à l'entrée des ambulances. J'y suis aux premières loges. Les portes des véhicules s'ouvrent : en sortent des blessés, des malades, des fous. Le plus souvent, ce sont des vieux. Certains sont mal en point. Pour d'autres, je devine que c'est la sortie du jour ou l'activité de la semaine. J'aime bien les infirmières. Parfois je me glisse sous leur blouse, j'observe leurs seins nichés dans un soutien-gorge en dentelle ou en coton, je ris à la vue de leurs tétons qui durcissent quand elles ont froid. Ce qui m'afflige, c'est que je ne sens rien. J'ai perdu le sens de l'odorat et du toucher. J'adore l'odeur des femmes. Elles ont toutes une fragrance différente. J'aime les humer, laisser à mon tour sur leur corps en sueur mon odeur, ma trace. Je crois que c'est ce qui me manque le plus.

La matinée est calme. Pas de chance. Il n'y a que des bras cassés et autres bobos sans importance réelle. Dans la salle d'attente, une jeune fille renvoie le contenu de son estomac sur le carrelage. Deux femmes qui attendaient leur tour quittent la pièce. Elles observent la scène avec une mine dégoûtée depuis le couloir. Je m'ennuie. Une jeune infirmière stagiaire passe devant moi. Elle a l'air pressé. Je m'en vais faire un tour avec elle. Je me cale entre ses seins qui rebondissent à chacun de ses pas. Je me sens comme dans un parc d'attractions. Je vois à travers le tissu en coton blanc. Ma stagiaire se dirige vers une dame âgée, lui prend la tension.

— Madame, votre tension est à 16-7.

En parfaite apprentie infirmière, elle pose une feuille sur la table, y inscrit les mesures. Je me balance entre ses petits seins. Cela m'amuse. Brusquement, ma jeune stagiaire se redresse. J'entends des sirènes. Elle aussi. Elle part en courant en direction de l'entrée des ambulances. Je suis tellement secoué que je quitte ma balançoire. J'arrive aux portes du véhicule dont les gyrophares éclairent le hall d'arrivée. En sort un gars inconscient, la trentaine, il est blond, pas trop moche. Je regarde autour de moi. Le gars est encore dans son corps. En tout cas, il n'erre pas. Je crains qu'il ne soit pas un bon candidat. Je me mêle à la troupe de médecins et infirmiers qui s'affairent autour de lui. J'entends les mots : tentative de suicide, prise de médicaments, benzodiazépine, antihistaminiques, amisulpride, tranquillisants, lavage d'estomac.

Pauvre gars, il a pris tout ce qu'il avait sous la main. Je change d'avis. Il a peut-être du potentiel.

— Qui es-tu ? me demande une voix.

Je sursaute. C'est lui, le gars qu'on est occupé à réanimer. Il m'observe avec défiance. Je suis surpris. Je ne m'attendais pas à un contact aussi direct.

— Je m'appelle Francis, lui dis-je masquant mon malaise.

— Que fais-tu ici ? me demande-t-il.

— Les urgences m'intéressent. As-tu eu un accident ?

— Je me suis suicidé, dit-il.

Je vois une opportunité de le déstabiliser.

— C'est faux, dis-je. Pour l'instant, tu t'es raté.

Le jeune homme affiche un air contrit. J'en rajoute une couche :

— Crois-moi, ils sont bien partis pour te récupérer.

— Merde.

Bingo, il est à moi. Je continue mon interrogatoire.

— C'est quoi ton nom ?

— Lionel.

— Et bien Lionel, il faut savoir qu'il est de plus en plus difficile de se suicider avec des médicaments.

— Qu'en sais-tu ? me répond-il contrarié par mon assurance.

— Depuis le temps que je me balade ici, j'en ai vu d'autres.

Lionel se tait, réfléchit.

— Tu es mort ? me demande-t-il comme s'il avait fait une rencontre du troisième type.

— Pour l'instant...

— Pour l'instant ?

Lionel s'approche au plus près de moi. Je devine qu'il a besoin de savoir si je suis réel, si je ne suis pas une hallucination.

— Je cherche une solution, dis-je. Comme j'existe — la preuve, nous avons cette conversation — comme j'ai vu qu'on peut entrer et sortir d'un corps, il suffit que j'en trouve un qui accepte de m'accueillir ou plutôt une âme qui veuille bien me laisser sa substance.

— C'est dingue ! s'écrie Lionel, les yeux pétillants de curiosité.

Je ne me laisse pas gagner par son enthousiasme puéril. Haussant les épaules que je n'ai plus, je lui réponds :

— Pas du tout. Simple échange de services.

Une femme d'une soixantaine d'années entre affolée dans la pièce. Elle se met à crier :

— Lionel ! Mon chéri, mon enfant !

Un infirmier la prend par le bras, un autre se met sur son chemin pour l'empêcher d'accéder à son fils. Ils l'exhortent de sortir.

— Il faut nous laisser travailler, dit l'un des deux infirmiers.

Je regarde Lionel. S'il avait pu, il aurait eu les yeux remplis de larmes.

Il est livide, enfin, encore plus transparent.

— Je ne suis qu'un pauvre type, dit-il.

Je ne réponds pas. Je cherche mes mots. Il reprend :

— Je déteste la vie. Je ne suis pas fait pour ça. Je rate tout ce que j'entreprends. En plus, je fais souffrir ma mère.

Je baisse la tête que je n'ai pas, me dis que je tiens là un bon candidat. Je dois en savoir plus avant de m'engager. Masquant mon enthousiasme, je lui demande :

— Pourquoi dis-tu cela ? As-tu des ennuis ?

— Je suis criblé de dettes. Avec mon salaire d'employé de bureau, j'en ai au moins pour deux-cents ans de remboursements.

Sa réponse me déçoit fortement. Je ne m'attendais pas à une difficulté de cette nature. Je ne voudrais pas me retrouver avec une dette colossale sur le dos. Si je reprends son corps, j'hérite de ses problèmes. Bigre !

— Regarde, dit-il pointant du doigt les infirmiers et médecins. Si ça se trouve, ils vont réussir à me sauver.

Je détourne le regard. Je me demande si cela vaut la peine que je reste ici. Dans le couloir d'à côté, la mère se met à pleurer de plus belle. Son désespoir transperce les murs. Lionel en est encore plus ébranlé. Il ne m'inspire pas pitié. Il m'énerve. Je n'ai pas l'âme d'un assistant social. J'envisage de partir, m'éloigne. Il me retient.

— Attends !

Je m'arrête.

— Prends ma place. Je te la laisse ! Je te raconterai toute ma vie. Maman n'y verra que du feu.

— Si je reprends ton corps, je reçois tes dettes en supplément.

— Je suis sûr que tu trouveras une solution. Moi je suis un raté, toi tu es intelligent, ça se voit ! S'il te plaît, accepte !

— J'ai besoin de réfléchir, dis-je au moins aussi déçu que lui.

— On n'a pas le temps pour cela : s'ils me ramènent, ce sera trop tard !

— Dans ce cas, tant pis, dis-je froidement. La prochaine fois, saute d'un immeuble, c'est plus efficace.

Je laisse Lionel derrière moi et quitte les urgences. Je n'en reviens pas. Je viens à l'instant de refuser une proposition. Je décide de prendre un bol d'air. Je me retrouve dans le ciel. Il y a des lumières que je n'avais jamais vues. C'est beau mais cela ne me réconforte pas. Je passe dans un nuage. Il fait blanc autour de moi. Je me sens plus seul que jamais.

Il y a de quoi devenir fou ! Je dois persévérer, ce n'est pas le moment de baisser les bras. Ceci n'est qu'une mauvaise passe. La chance finira par me sourire. Pour me changer les idées, je décide de retourner aux soins intensifs. J'ai envie de voir s'il y a des nouveaux venus. La chambre de Pierre-Antoine est vide. J'ignore s'il est mort ou vivant. J'espère qu'il aura décidé de se réveiller et de retourner faire du ski en Suisse. C'était un super candidat. Quel gâchis.

J'aperçois le vieux errant. Il se tient à dix mètres de moi, à l'entrée d'une chambre que je n'ai pas encore visitée. Il me dévisage comme de coutume. Je sens qu'il me juge. Je ne comprends pas. Je ne lui ai pourtant rien fait ! Nous ne nous connaissons même pas. À part moi, les errants ne sont pas très bavards. Ils ne se baladent pas dans l'hôpital. Ils sont étonnés de ce qui leur arrive. Parfois même, ils en sont heureux.

Pourquoi suis-je une exception ? Il est vrai que dans la vie, je me suis toujours distingué. J'étais différent. Il faut croire que la mort de mon corps n'a rien changé à cela. Je décide de nier le vieillard avec son regard inquisiteur et je me pose sur une chaise dans le couloir, à côté d'une dame âgée, une qui n'est pas morte. Elle est petite, les cheveux coiffés en bouclettes courtes. Elle a posé ses mains tremblantes sur ses cuisses couvertes d'une jupe écossaise. La dame regarde fixement devant elle. En face, dans une chambre isolée, un homme agonise. Il est possible de l'observer grâce à la paroi vitrée. Il a l'air d'avoir cent ans. Soudain, les machines auxquelles est relié l'homme, se mettent à crier. Les infirmières accourent. La dame se redresse, entre dans la pièce. Avec douceur, elle pose une main sur celle du vieillard qui meurt. Personne n'essaye de le sauver. Pas d'acharnement thérapeutique. Soudain, il sort de son corps. Un son monotone émane du cardiogramme. La dame lève le visage au plafond comme si une brise rafraichissante venait la happer. L'homme, dont l'âme est d'une transparence étonnante, vient envelopper la dame. Elle sourit. Je lis sur ses lèvres les paroles qu'elle murmure : « À bientôt, mon amour ». Le vieillard reste un instant à sa hauteur puis disparaît, telle une étoile filante. J'en reste bouche bée. Je n'avais jamais assisté à une scène de cette nature. Il est vrai que je ne m'attarde pas chez les vieux d'habitude. Pour des raisons évidentes : un corps de vieillard ne me servirait à rien. Je me sens un peu perdu, j'ai besoin de distraction.

Je quitte les lieux. Ce couple de bienheureux du troisième âge m'a foutu le bourdon pour de bon. Je crois que je suis jaloux. Ils ont eu toute une vie, eux, et ils la terminent en beauté. Chez moi, c'est le chaos. Flora m'a arraché de la vie parce qu'elle n'était pas fichue de gérer son mal-être seule. Il aura fallu qu'elle m'entraîne dans sa couardise, dans sa chute diabolique. J'hésite à refaire un tour dans les airs, histoire de me calmer un peu. J'y renonce. Je m'en vais retrouver Flora. Je devrais prendre mes distances mais je ne supporte pas qu'elle soit inatteignable. Je ne comprends pas pourquoi je ne la vois pas. Elle n'est pas errante alors qu'elle est dans le coma. Je veux savoir ce qu'elle fabrique. J'exige une explication. Je ne renoncerai pas.

Je m'engage à travers le mur de la chambre de Flora. Quelque chose fait barrage. Je me trouve nez à nez avec le vieux errant. Il a surgi de nulle part, s'est interposé ! J'en aurais tremblé si j'avais pu. Ce type dégage une certaine puissance. Il m'effraie. Je dois veiller à ce qu'il ne le sache pas.

— Vous n'avez rien à faire là, me lance-t-il de but en blanc.
— Occupez-vous de vos affaires ! lui dis-je masquant ma frayeur.

L'homme me transperce de son regard sans couleur mais d'une puissance inégalée. Il me dit :
— Décidemment, vous ne comprenez rien à rien.
— Que voulez-vous dire ?
— Votre âme est malade. Lâchez votre égo. Partez !

Je suis pris de stupeur et furieux qu'il ose m'insulter de la sorte. Je lui hurle :
— Je n'ai pas besoin de diagnostic, je suis déjà mort connard !
— Dégagez, me répète-t-il sans hausser le ton, sans sourciller.
— C'est à vous de déguerpir Freud ! Je n'ai pas besoin d'un psy.

Le vieillard disparaît. Je suis à la fois soulagé et choqué. De quel droit se mêle-t-il de ma vie, enfin, de ma mort provisoire ? Qui est donc ce donneur de leçon ? S'il en est là à errer dans les couloirs, c'est qu'il n'est pas exempt de tout vice ! Une âme malade... non mais, on aura tout vu.

Avec la ferme intention de ne pas me laisser impressionner par une vieille âme grabataire, j'entre dans la chambre de Flora. Je tombe sur Natacha.

Vision d'horreur : elle parle avec les parents de Flora. Le trio se sourit avec tendresse. Je crie : « Prenez une petite tasse de thé, tant que vous y êtes ! »

— Maria, dit Natacha, je sais que cela semble fou mais j'ai confiance. Maria acquiesce, les yeux rivés vers le ciel, les mains jointes en prière.

— Le docteur a dit que ses paramètres s'améliorent, répond Maria.

Les deux femmes se prennent dans les bras. La complicité qui les unit est palpable. Moi aussi, j'avais été bien accueilli chez Maria et Domenico mais ces derniers temps, je ne m'y sentais plus à ma place.

JEUDI 22 JANVIER 2015

Elle m'a dit que je pouvais l'appeler Véronique. Elle a sensiblement le même âge que moi. Elle est blonde, grande, élancée. Sa chevelure bouclée est tirée vers l'arrière, retenue par deux bâtonnets en bois exotique. Des mèches rebelles s'échappent de toutes parts. Les plus jolies sont celles qui tombent dans la nuque. Elles caressent son cou élégant à la peau blanche et lumineuse. Ses grands yeux verts me fixent avec un air bienveillant censé me mettre à l'aise. Je suis tendue. J'en suis à mon troisième rendez-vous. Ouvrir mon cœur à la psychologue engagée par Francis me fait mal. Je dois me faire violence pour me confier à elle. Il semblerait qu'elle soit un passage obligatoire pour retrouver l'équilibre de mon couple.

Natacha m'a déconseillé d'aller la voir. Elle m'a dit que ce n'était pas déontologique, que Véronique n'aurait pas dû accepter de me recevoir alors qu'elle était employée par Francis. Natacha a sans doute raison, mais j'ai eu peur de décevoir Francis. J'ai préféré lui prouver ma bonne volonté en suivant son conseil à la lettre. Il paraît qu'elle fait des miracles. Francis me dit qu'elle a réussi à transformer la dynamique de groupe dans l'entreprise, à décoincer les collègues les plus récalcitrants. Elle réussit tout ce qu'elle entreprend. Il me faut à tout prix éviter d'être son premier échec.

Je lui raconte tout : mes doutes, mes douleurs, les disputes avec Francis, ma difficulté à diminuer ma consommation de vin, comment j'y arrive en compensant avec des anxiolytiques, même les exigences sexuelles de Francis y passent. Je me dis parfois que si Francis m'a encouragée à aller la voir, c'est qu'il n'a rien à lui cacher. Cette idée-là me fait imaginer les pires scénarios. Serait-elle une amie de Maud et Olivier ? Parfois je ne parle pas, je pleure. Il m'arrive de pleurer longtemps.

Véronique est assise en face de moi dans un fauteuil club en cuir brun. Elle griffonne quelques notes dans un carnet. Elle porte un chemisier blanc sur une jupe droite en jean qui dévoile une paire de jolies jambes. Aux pieds, des santiags en cuir brun clair achèvent de lui donner un look de catalogue de mode. Je me demande si Natacha aurait approuvé ses choix vestimentaires.

Je viens de confier à Véronique que j'ai envie d'arrêter la pilule. Je suis certaine que je perdrais tous mes vices si je devais tomber enceinte. Francis exige que je sois plus équilibrée avant d'envisager de me faire un enfant. Je me demande ce qu'il entend par « plus équilibrée ». Suffirait-il que j'arrête mes consommations nocives ? J'en doute fort.

À l'origine de mes habitudes déviantes, il y a mon émotivité exacerbée qui agace Francis. Il y a aussi nos désaccords, mon manque de confiance en moi, mes crises d'angoisse, la peur du vide. Devrais-je évoquer la pression de ma carrière professionnelle qui m'emporte dans un tourbillon ? S'il faut attendre que je règle tous mes problèmes, je ne serai jamais mère. Que faut-il pour que je sois assez saine ? Quand je le demande à Francis, il élude la question. Est-ce que tout irait mieux si j'acceptais de l'accompagner chez Maud et Olivier ?

Véronique me dit que je dois fixer mes règles, trouver mes repères, mes racines, mes bases. J'ai beau chercher en moi ou dans mon passé, les seules que je vois sont celles qui m'ont été données depuis que j'ai rencontré Francis. Avant lui, je n'étais qu'un petit mulot caché dans le jardin de mes parents, puis un rat de laboratoire muni de grosses lunettes rondes pour parer à une myopie importante. Je me suis métamorphosée depuis Francis. Je suis devenue femme. Il m'a mise dans la lumière alors que j'avais élu domicile à l'ombre. Je ne vois pas les repères que mes parents m'auraient transmis. J'ai dû les perdre avant même de m'apercevoir que j'en avais.

Véronique me questionne sur mes relations familiales. Vis-à-vis des membres de ma famille, je suis dans un rapport d'obligation. Il me semble impossible d'éviter les rassemblements dans la villa de mes parents ou de faire l'impasse sur la conversation téléphonique hebdomadaire avec ma mère. Ce serait considéré comme une trahison, un crime de lèse-majesté. Je ne veux pas les décevoir. Je me soumets aux traditions familiales, revêts mon costume de fille, sœur et tante modèle dès que je suis sollicitée. Je pense que si je suis aimée, c'est parce que le même sang coule dans nos veines. Peu importe qui est Flora. Je me demande si mes parents savent qui je suis. C'est peut-être de ma faute. J'ai toujours eu un pied à l'extérieur. J'ai le sentiment de provenir d'une autre planète. Je ne sais pas qui je suis. Mon enveloppe humaine ne me sied pas. Cet affublement est un leurre.

Au fur et à mesure que j'ouvre mon cœur à Véronique, je me sens rétrécir. Bientôt je ne serai plus qu'un négligeable grain de poussière dans le canapé en velours pourpre qui m'accueille. Face à Francis, je peux me sentir insignifiante tant il est fort, tant il me domine. Parfois je me sens énorme, un gros boulet qu'il traîne, dont il ne sait que faire.

Je confie à ma thérapeute que Natacha m'a conseillé de divorcer, de refaire ma vie. Je téléphone à mon amie depuis le bureau. C'est le seul moyen que j'ai trouvé pour rester en contact avec elle. Si Francis apprend que nous nous parlons encore, c'est la crise assurée. Nos conversations sont courtes : je suis sollicitée par mes collègues. Les réunions se sont multipliées depuis que je suis directrice.

Véronique me demande ce que je pense d'une éventuelle séparation. Je réponds que ce n'est pas une option. C'est inenvisageable. Je n'imagine pas ma vie sans Francis. Je vacille sans cesse entre l'espoir et le désespoir. J'avoue que je préférerais mourir que de me voir abandonnée par Francis, que mon médecin de famille me prescrit des cachets pour soulager mes angoisses. Véronique me dit que je souffre probablement des troubles de l'humeur, qu'il faudrait peut-être que j'envisage de consulter un psychiatre parce qu'elle ne peut pas prescrire de médicaments. Elle insiste sur le fait que ce n'est pas à un généraliste de le faire. À chacun son métier. Je suis bonne pour l'hôpital psychiatrique, en somme. Mon horizon s'assombrit.

Véronique se penche en avant, pose ses bras en croix sur les genoux.

— Qu'as-tu ressenti quand Natacha a évoqué le divorce ? me demande-t-elle.

Je réfléchis, me remémore le moment où j'avais fermé la porte de mon bureau, prétextant une conférence-call à Washington.

— Je ne sais... dis-je, hésitante.

Véronique me lance un regard interrogateur.

— Replonge-toi dans ce moment, ordonne-t-elle.

— Je ne sais vraiment pas, dis-je sentant l'inquiétude monter en moi.

Véronique se met à écrire dans son carnet. J'aimerais savoir ce qu'elle y inscrit. J'ai l'impression d'obtenir une mauvaise note. Je tente une réponse différente :

— Je présume que je me suis sentie incomprise, dis-je. Pensez-vous que c'est normal ?

Véronique relève la tête. Une mèche bouclée se balance devant son nez. D'un geste vif de l'index, elle la ramène derrière l'oreille. Ma thérapeute est très jolie. Je ne suis pas étonnée que Francis l'apprécie. Elle me regarde comme on observe une œuvre d'art abstrait.

— Il est l'heure de s'arrêter Flora. On se revoit dans deux semaines.

Je ramasse mon sac à main que j'avais posé à mes pieds, me lève. Dans la poche avant gauche de mon jean, je prends trois billets de vingt euros, les tends à Véronique. Elle les accepte avec un sourire, le même que d'habitude. Je n'ai pas envie de partir, j'ai un sentiment d'inachevé. Je ne le lui dirai pas.

***

Ma sœur Marta vient manger à la maison ce soir. Francis sera absent. Nous sommes jeudi, le jour de la soirée entre copains. J'ai préparé une lasagne : c'est facile à réchauffer.

Marta a souvent du retard. Elle a le tempérament indolent. Pour elle, le temps est une variable d'importance mineure. Elle est une véritable maman-poule : ses gamins lui grimpent dessus, passent avant tout, surtout avant elle. À chaque séparation, ils lui font un enfer. Ils feignent des maux de ventre ou à la tête, se disputent violemment juste au moment où elle franchit le pas de la porte, sortent de leur cartable une liste de devoirs qu'ils ont comme par hasard oubliés, pendant que son mari Dimitri prolonge sa journée de travail sur le canapé, un ordinateur posé sur les genoux. Je ne m'inquiète pas. Marta finit toujours par arriver.

Il fait froid. J'ai augmenté la température sur le thermostat. L'appartement sera vite chauffé. Malgré l'isolation de première qualité, l'humidité et les températures glaciales de ces derniers jours ont fini par franchir les murs et s'installer dans l'appartement. En attendant l'arrivée de Marta, je m'installe dans le canapé, tire le plaid en velours jusqu'à hauteur du menton. Je frissonne. Il nous manque un feu ouvert.

Dans ma maison d'enfance, il y en avait un. Papa en était le gardien. J'aimais observer les grosses bûches se consumer lentement pendant que mes joues rougissaient et que brillait dans mes yeux le reflet du feu. Grâce à l'âtre et au bois qu'on y brûlait, je n'oublierai jamais l'odeur de cette maison. Dans la nouvelle demeure de mes parents, il y a une machine électrique qui fait semblant de brûler des bûches. C'est très moderne, paraît-il. Elle a été plantée au milieu du salon pour être exposée au regard et à l'admiration obligatoire de tous. *Mamma* et Papa sont ravis de leur acquisition. Je fais semblant d'apprécier. Je ne veux pas les décevoir, gâcher leur plaisir. Chez mes parents, aujourd'hui, ça sent la vanille et le magnolia. Ces fragrances émanent de fioles en plastique branchées à des prises électriques. À chacune de mes visites, l'odeur me donne la nausée. Après un quart d'heure dans la maison, je ne sens plus rien : une réaction chimique, hormonale ou psychologique, provoque alors la mise en grève de mon nerf olfactif.

La sonnette retentit dans le salon. Je suis heureuse qu'elle soit une imitation des sonneries anciennes : un son rond, qui roule, comme le « r » de l'Italie. Je me lève d'un bond. Marta est arrivée. Je me dis qu'elle s'est fort bien débrouillée : elle n'a que trente minutes de retard. J'ouvre la porte, ma sœur me serre dans les bras. Elle est plus grande que moi, au moins d'une tête. Elle est plus forte aussi, plus ronde à tous points de vue. Je sens son opulente poitrine me presser la gorge. Je me dis qu'un amant pourrait facilement suffoquer dans ses seins. J'étouffe un rire, puis je retire mon visage pour rencontrer les grands yeux bruns de ma sœur.

— Bravo, tu as réussi à t'extirper de la maison plus vite que d'habitude ! lui dis-je en riant.

Marta fait quelques pas dans le couloir, se débarrasse de sa doudoune brune, de ses gants et bonnet assortis. Je récupère le paquet d'affaires, les range dans le vestibule.

— C'était facile, répond-elle, les enfants découchent : Maxime et Lucas dorment chez des copains, Enzo est chez *Mamma*.

Je me dis que la seule solution que ma sœur ait trouvée pour éviter d'arriver en retard, c'est de caser mes neveux à gauche à droite. La demi-heure de retard de ce soir lui incombe donc, à moins que son mari, son quatrième enfant, n'ait fait des siennes. Loin de moi l'idée de la questionner à ce propos. Je sais qu'elle m'en parlera d'elle-même.

✱✱✱

J'observe Marta pendant qu'elle porte avec précaution le verre de vin à ses lèvres. Elle boit plus lentement que moi. Elle est lente, à la limite de l'apathie. Tout en elle l'exprime. Elle est à peine à la moitié de sa part de lasagne alors que moi j'en ai déjà repris, que je racle le fond de mon assiette avec le dos de la fourchette. Marta articule chaque mot comme elle mâche chaque bouchée : doucement, avec précaution. Elle a les cheveux raides, coupés au carré, callés derrière ses oreilles parées de boutons dorés. Elle camoufle sa poitrine sous un épais pull à col roulé en laine mauve qui recouvre ses hanches. Un pantalon large gris souris achève toute possibilité d'entrevoir ses formes. Marta est sage. Marta est complexée. Elle n'a pas hérité de la chevelure bouclée de Mamma. Elle n'a pas non-plus sa petite taille. Elle a tout de papa. Je me dis qu'à part pour les complexes, nous sommes opposées en tout. Nous nous aimons parce que nous sommes sœurs. Marta vient me rendre visite, parce que c'est son devoir d'ainée de veiller sur les plus jeunes. Elle vient aussi parce que j'ai une bonne écoute. Je parle vite, mais je parle peu. Marta parle lentement et beaucoup. Du coup, elle parle longtemps.

Comme toujours, elle commence par me parler des enfants. Nous sommes au chapitre scolaire. Les garçons sont indisciplinés, bavardent, sont remuants. Pas une semaine ne passe sans que l'un d'eux ne rentre avec un mot dans le cahier de correspondance. Même Enzo, qui n'est qu'en maternelle, ramène des remarques, des paragraphes entiers décrivant l'exaspération de sa maîtresse. Maxime est dyslexique. Lucas souffrirait de dyscalculie. Enzo pourrait être hyperactif. Je compatis mais je me demande si cela a du sens de voir des maladies ou des handicaps à tout bout de champ. Trois garçons à la maison, c'est fatigant. Je comprends la tentation de déléguer à des tierces personnes le diagnostic qui expliquerait les comportements dérangeants de ses enfants. Marta me confie que Maxime et Lucas iront chez un logopède, qu'Enzo ira faire de la psychomotricité relationnelle. Marta délègue à des professionnels le traitement censé faire de mes neveux de parfaits petits moutons. Je n'imagine même pas l'argent qui doit y passer. Je décide de taire mon scepticisme. J'ai tort de la juger si vite. Je ne suis pas mère. Je ne sais pas ce que c'est. Partie comme je suis – ma conversation avec Véronique me revient à l'esprit – je ne risque pas de tomber enceinte de sitôt. Je ne serais pas capable d'être une bonne mère de toute façon. Pas maintenant.

Marta passe au sujet « Dimitri ». Il travaille trop, est cerné, renfermé, dort mal, fume trop. Ils n'ont plus fait l'amour depuis trois mois. Je me crispe : cela me fait écho mais je n'ai vraiment pas envie de me confier sur ce plan.

De plus, je ne me sens absolument pas concernée par la vie sexuelle de ma sœur.

Je vais devoir y passer. Marta me raconte qu'elle n'a plus de désir, me demande si ce serait hormonal. Je lui dis que je ne sais pas, que je suis chimiste, pas médecin. Les grands yeux bruns de Marta me fixent, m'interrogent :

— Et toi ?

Je reste muette. Je réfléchis. La sexualité de Francis n'est plus la même que la mienne, qui d'ailleurs a été réduite à néant. Le sexe ne me manque pas. C'est de l'amour de Francis que je me languis. Marta me fait un signe du menton pour me signifier qu'elle attend la réponse.

L'assiette vide de Marta est un parfait prétexte pour éluder la question et passer à autre chose. Je me lève pour débarrasser la table, lui demande :

— As-tu de la place pour le dessert ? J'ai fait un tiramisu.

Au moment où je m'apprête à lui retirer l'assiette, Marta soulève la manche de mon pull.

— Tu n'as pas bien soigné la brûlure, me dit-elle. Tu en as gardé une vilaine cicatrice.

— Ce n'est rien, dis-je.

Les yeux de Marta me fixent avec insistance. Je vois bien qu'elle espère que je me confie à elle. Au lieu de cela, je lui offre le regard las de celle qui veut qu'on la laisse tranquille.

— C'est *Mamma* qui m'en a parlé. Elle s'inquiète. Tu ne prends pas assez soin de toi.

Je hausse les épaules, saisis son assiette et me retourne pour prendre la direction de la cuisine.

— Je te sers une grosse part ?

Pendant que je range les assiettes dans le lave-vaisselle, j'entends que Marta émet un long soupir. Je décide pour elle : ce sera une petite part. Elle pourra toujours en reprendre.

Le tiramisu a réactivé l'hémorragie verbale de Marta. Elle me raconte que ma mère se plaint de ne pas assez me voir, qu'elle en est triste. Je tente de lui expliquer que mon travail est prenant, que je n'ai que le week-end pour décompresser, que je ne peux pas le faire si je passe chaque dimanche à parcourir deux-cents bornes. Marta secoue la tête, me rétorque sur le ton du reproche :

— Parce que rendre visite à ta famille ne te fait pas du bien ?

Je ne répondrai pas à cette question, préférant m'offrir une grande bouchée de tiramisu pour laisser le cacao, le mascarpone, le café et l'amaretto, le marsala et le rhum brun panser les plaies que ma sœur vient de tailler dans mon cœur. Je peux tout entendre, mais pas d'être une fille défaillante. Je ne supporte pas d'être accusée de faire de la peine à ma mère.

***

Il est cinq heures du matin. Je suis seule depuis sept heures. Marta est partie avec l'illusion que nous avons passé une bonne soirée entre sœurs. Je ne dirais pas non plus qu'elle fut mauvaise. Il y a de la tendresse entre nous mais il n'y a pas de complicité. Marta ne sait rien de mes tourments. Je me demande même si l'idée que je puisse souffrir lui a un jour traversé l'esprit.

Francis n'est pas rentré. Je suis allongée sur le ventre, tête sur le côté, joue gauche collée au matelas, le crâne couvert par mon oreiller que je maintiens de mes deux mains tirées vers l'arrière. Le duvet m'enveloppe, le coton du drap du matelas me caresse le visage. Je cherche de la douceur. Je laisse un maigre filet d'air me pénétrer les narines. Il paraît qu'un léger manque d'oxygène peut favoriser l'endormissement. C'est une croyance mais ça vaut le coup d'essayer.

Malgré le somnifère et le quart de bouteille de vodka que je me suis enfilé après le départ de Marta, je n'ai pas fermé l'œil de la nuit. Je n'ai pas osé appeler Francis. Je n'ai eu droit qu'à un message sur mon téléphone m'annonçant sa décision de prolonger son habituelle soirée entre copains dans une boîte de nuit. Je ne me souviens pas de la dernière fois où j'ai mis les pieds dans un tel établissement. Francis ne m'a pas demandé de l'accompagner. De toute évidence, il s'amuse mieux sans moi. J'envoie valser l'oreiller à l'autre bout du lit, relève la tête, me retourne. À quoi bon insister, je ne dormirai pas. J'ouvre les yeux pour de bon. Je hais la vue de ce plafond. Je l'ai trop vu. Je devrais changer de lampe. Celle-ci est en forme de soucoupe volante : un véritable ramasse-poussière. Je parviens à voir, depuis le lit, la fine couche grisâtre qui recouvre la matière blanche synthétique. C'était un mauvais choix. On aurait dû acheter le modèle gris, celui que Francis avait jugé trop vieillot. Il avait dit que j'avais des goûts de bobonne, avait trouvé cela très drôle.

Je décide d'attendre une heure avant de me lever. Je commencerai la journée tôt et je partirai avant les autres. Le vendredi est le jour le plus calme de la semaine. Je pourrai quitter les lieux quand je le décide, sans avoir à me justifier : un avantage que m'octroie la position de directrice. Je me demande comment je vais faire pour travailler avec cette nuit blanche qui provoque un épais brouillard dans mon cerveau. Je sens que je vais fonctionner au café toute la journée.

J'entends un bruit de clés. C'est Francis ! Mon cœur me cogne dans la poitrine. Je suis soulagée. On aura au moins l'occasion de se voir, d'échanger un baiser, se dire « à ce soir ». J'entends des pas lourds dans le couloir. Je l'aperçois sur le pas de la porte, se tenant des deux mains au chambranle. Sa chemise blanche est déboutonnée. Il passe une main dans ses cheveux ébouriffés, me sourit, se débarrasse de ses chaussures qu'il envoie dans un coin de la chambre d'un coup de pied hasardeux. J'attends qu'il me dise quelque chose mais il ne prononce pas un mot. Il se contente de sourire et de me regarder avec des yeux humides. Il est saoul. Il a le teint pâle, luisant. Il a transpiré, le coton de sa chemise lui colle à la peau. Je devine qu'il a dansé toute la nuit. Je me redresse, lui demande s'il a besoin d'aide. Il me répond avec un rire gras, s'avance vers moi en titubant, se laisse tomber de tout son long sur le lit. Son visage disparaît dans l'oreiller : il ne prend pas la peine de mettre sa tête sur le côté. Je pose une main sur son dos, me penche sur lui. Je lui demande s'il a passé une bonne soirée. Je ne sais pas quoi lui demander d'autre. Il me répond avec un ronflement sonore. Je me laisse retomber sur le dos, un profond soupire traverse mon corps. C'est dingue, l'angoisse qui m'a tenue éveillée tout la nuit s'est évaporée.

Je jette un œil sur l'horloge. Je n'attendrai pas le quart d'heure qu'il me reste jusque six heures du matin. Je me lève. Je laisse Francis comme il est, tout habillé. Je ne me sens pas l'énergie de le dévêtir.

JOUR 28

Je cherche à comprendre. Comment ce vieux errant, qui ne m'a observé qu'au détour d'un couloir stérile, peut-il me juger de cette manière ? Les mots « âme malade, égo », ne quittent pas mon esprit. J'ai cru qu'il me prenait pour un pervers sexuel. Il dû penser que j'étais un vicieux personnage circulant dans les couloirs et les chambres pour épier, voire abuser de corps sans défense. Je n'ai pas un comportement déviant. Je me trouve plutôt convenable dans ma nouvelle condition. De toute évidence, le psychopathe, c'est lui. J'ai tout de même besoin de comprendre. C'est quoi, une âme malade ? Ma première tentative d'y voir plus clair avait eu lieu ce matin.

J'avais cru pouvoir me renseigner sur internet. Profitant d'une secrétaire médicale quittant son poste, j'avais saisi la souris de son ordinateur pour cliquer sur le moteur de recherche. Je m'étais vite rendu compte que je n'avais aucune emprise sur la machine. J'avais beau y mettre toute ma volonté, la petite flèche sur l'écran demeurait immobile. Si j'avais eu une tête, je me la serais tapée contre un mur ! Je m'étais senti exclu, recalé.

Baisser les bras n'est pas mon genre. J'avais donc décidé de me rendre à la bibliothèque universitaire. En l'espace d'une pensée, je m'étais retrouvé dans le hall d'entrée, en face de la réception. Le réceptionniste, un homme ni jeune ni vieux ni beau ni moche au teint gris et aux cheveux bruns coiffés avec la raie sur le côté, avait relevé la tête. Je lui avais dit bonjour. J'avais même commencé à lui demander à quel étage je pouvais trouver des ouvrages traitant des maladies de l'âme. C'est en voyant l'homme détourner le regard et plonger le nez dans un livre, que je m'étais rendu compte de ma bêtise. Si j'avais pu rougir, j'aurai senti le rouge me brûler les joues. J'avais oublié ma condition. Je n'avais pas apprécié le retour à la réalité, mais j'avais tout de même ri de ma sottise.

Pourtant, le réceptionniste avait relevé la tête. Il n'y a pas de hasard. Il avait dû sentir quelque chose. La frontière entre nos deux mondes n'est pas totalement imperméable. Cette pensée m'avait donné du courage pour me lancer dans la recherche d'un ouvrage intéressant. Abandonnant le réceptionniste à sa lecture, j'avais filé droit vers l'ascenseur, espérant y trouver quelque information. En effet, à côté des chiffres gravés sur des plaques en plexiglas, j'ai fini par trouver les catégories du savoir que je cherchais.

Sciences sociales et Psychologie se trouvent au même étage : le troisième. Les quatrième et cinquième étages sont réservés aux domaines de la médecine. Je m'étais demandé s'il n'était pas plus intelligent de me renseigner en premier lieu à l'étage des apprentis médecins. J'avais eu peur de me décourager.

La science n'est pas mon fort. Il faut de la patience. Ce n'est pas ma première qualité. On ne peut pas tout avoir ! Mon choix s'était donc porté sur le troisième étage, au rayon psychologie. Le temps d'un souffle, j'avais atterri en face de dizaines de rangées d'étagères remplies d'ouvrages soigneusement alignés et étiquetés. J'avais voulu respirer, sentir l'odeur des livres. Je regrettais mon nez. J'avais d'abord parcouru les titres par ordre alphabétique, cherchant un ouvrage qui puisse traiter des maladies de l'âme. J'avais trouvé une rangée sur les psychopathologies. J'étais poussé par un besoin de m'engouffrer dans la lecture pour trouver au plus vite les arguments qui auraient prouvé au vieux errant que le fou n'est pas moi, mais lui ! J'avais regretté mes bras, mes mains. Prenant mon mal en patience, je m'étais installé entre les bouquins que je convoitais, pour attendre qu'un étudiant vienne en ouvrir un. J'avais donc décidé de faire preuve de patience pour la première fois de mon existence.

***

Je suis toujours au même endroit. Je ne sais pas depuis combien de temps je suis là. Je sens que ma persévérance portera bientôt ses fruits. L'urgence de trouver la solution à ma condition ne s'est pas réduite. Je m'offre cette parenthèse dans la recherche du bon suicidé-raté, parce que j'en ai besoin. Il est bon de se changer les idées. Il n'est pas sain de rester sans interruption dans un hôpital quand on n'est pas malade.

J'ai hâte de rassembler les informations. Je lirai par-dessus l'épaule de l'étudiant. Lorsque j'aurai accumulé assez d'arguments, j'irai trouver le vieux. Je ne serai pas agressif, je m'adresserai à lui avec politesse. Je serai calme et posé. Je le remercierai de s'être inquiété pour moi, puis je procèderai au démontage minutieux de son raisonnement, prouvant sa sénilité avancée. Je le ferai en douceur, avec méthode, lui proposant éventuellement de l'aider à disparaître pour de bon, s'il fait preuve de bonne volonté.

Je vois à la lumière du jour que le crépuscule ne tardera pas à se manifester. Un étudiant arrive enfin. Voici celui qui m'ouvrira les portes du savoir ! C'est un blondinet maigrichon au visage d'ange gâché par une dizaine de boutons d'acné, reliquats d'une adolescence à peine achevée. Il saisit un livre à ma gauche, l'ouvre, part s'installer à une table d'étude. Je m'installe confortablement sur son épaule.

Le gamin lit lentement, prend des notes sur une tablette. Cela me donne l'occasion de relire les phrases que je ne comprends pas. Pour faire sérieux, certains auteurs trouvent nécessaire d'utiliser un jargon soi-disant scientifique. J'ai du mal à accrocher à la lecture. L'ouvrage est complexe, je sens que ma capacité de raisonnement a changé. Mon cerveau me manque. Il était si performant ! J'essaie de me concentrer sur un passage en particulier : il aborde l'origine de dégénérescences neuronales. Peut-être qu'il y a là de quoi alimenter mon argumentation. Des dysfonctionnements de neurones menant à une pathologie psychique, une malade de l'âme, une sénilité qui se poursuit même au-delà de la mort : voilà ce que je cherche !

Le blondinet qui me sert de pupitre se passe une main dans les cheveux. Il y a de la brume sur les verres épais de ses lunettes rondes. Il souffre d'une rhinite, renifle abondamment, soupire.

Je lui hurle : « ressaisis-toi trognon de pomme, tourne la page ! ».

Il s'exécute. Je poursuis ma lecture mais au fil des paragraphes, le langage devient de plus en plus technique. Ce livre devrait remonter d'un étage, au rayon Psychiatrie ! Je décide d'arrêter la lecture, de laisser le blondinet avec son rhume et son bouquin d'intello. Je n'ai pas réussi à trouver ce que je voulais.

Ce n'est rien. Cette escapade m'a aéré l'esprit. Les hauts murs de la bibliothèque, les grandes portes en bois de chêne, les interminables rangées de livres qui renferment toute la sagesse de l'humanité : passer quelques heures dans cette ambiance studieuse m'a fait du bien. Je me suis senti plus proche des vivants. C'est ce dont j'avais besoin. Il me faudra reposer sur ma créativité pour démonter le vieux. Je lui prouverai avec mes mots à moi qu'il est possible d'être sénile quand on est mort. Est-il possible de devenir fou ? Je n'ai pas envie de retourner à l'hôpital. Je préfère continuer à m'aérer l'esprit. J'ai comme un vague à l'âme. J'ai besoin de prendre le large. Je regarde la grande horloge digitale accrochée au-dessus de l'entrée principale de la bibliothèque. Elle indique : « Ve 17/04/15 – 18:30 ».

Je parie qu'ils sont à l'apéro au bureau. Le verre du vendredi, c'est une institution ! Je suis saisi par une envie irrépressible de me joindre à eux, de revivre les moments de franche rigolade entre collègues. Je ferme les yeux. Ma volonté suffit pour me faire voyager. Je suis arrivé devant le bâtiment que Christian, mon ami architecte, a conçu. J'aime ce bloc beige clair aux angles aigus, aux allures modernes. À l'étage, une baie vitrée donne sur une terrasse où se sont rassemblés quelques collègues. C'est vrai qu'il a fait beau aujourd'hui.

La température a dû être particulièrement douce pour un mois d'avril. J'entends des rires, le tintement des verres qui s'entrechoquent. Je reconnais les voix : elles me sont familières. Elles apaisent mon âme tourmentée. La mélancolie me surprend. Voilà une émotion nouvelle. J'hésite à me rapprocher, à me mêler à eux. Vais-je avoir mal ? Je n'ai pas le temps de réfléchir à cette question, une voix me parvient comme une claque en plein visage. C'est celle de Jean-François. Que fait-il là ? Cette entreprise, c'est mon territoire, c'est mon antre, mon domaine, ma création, mon univers !

Je me précipite sur la terrasse, trouve mon frère au milieu de la foule. Il semble légèrement éméché. J'ai envie de lui rendre la claque. Cela ne lui suffit pas d'avoir désormais maman à lui tout seul ? Faut-il qu'il me vole tout ?

Vanessa, la réceptionniste sexy qui est capable de jouir à la vitesse de l'éclair, remplit le verre de champagne rosé de mon frère. Des souvenirs d'heures supplémentaires sur le canapé du bureau me reviennent à l'esprit.

— Santé, patron ! lui susurre-t-elle à l'oreille.

Mes pires craintes se confirment. Jean-François s'est emparé de ma vie. Je parie que c'est maman qui lui en a donné l'idée. Maintenant que je suis mort, elle ose montrer son vrai visage. Elle n'a plus honte de sa préférence. Elle a toujours privilégié Jean-François. Sa trahison me révolte d'autant plus que je ne peux rien faire. Pas maintenant en tout cas. Papa ne dit rien de toute façon. Pour lui, tout est bon tant qu'on lui fiche la paix. Je n'ai pas envie de crier, encore moins de pleurer. Une colère blanche s'empare de mon âme. Elle efface ce qu'il me restait d'humanité. Je ne suis plus qu'une rage froide comme la mort. Il me faut déguerpir, retourner à l'hôpital. J'en ai fini de perdre du temps à de futiles distractions. Si je ne reste pas concentré, je risque de devenir fou. Je me vengerai. Il est plus que temps que je trouve ma solution, qu'enfin se présente à moi le bon suicidé-raté.

SAMEDI 21 MARS 2015

Mamma ne comprend pas. À peine cinq minutes que je suis avec elle au téléphone et j'ai une furieuse envie de raccrocher. Cinq minutes qu'elle me raconte la crise de foie de papa lors de leur voyage à Toulouse où ils ont abusé de la graisse de canard et du pinard. Cinq minutes qu'elle me parle de sa vie sans m'avoir posé la plus simple question au monde : comment vas-tu ma fille en ce premier jour de printemps ? Cinq minutes que je me dis que je devrais arrêter de me réjouir de ces conversations téléphoniques qui finissent dans la déception et la frustration de ne pas être entendue. Je tente de changer de sujet :

— Tu auras les garçons de Marta ce week-end ?

— Je les garde ce soir, ils restent dormir. Marta et Dimitri vont à l'opéra. Que dis-tu de cela ?

Je me dis que si, comme ma sœur Marta, j'avais des bambins plein les bras, j'aurais une relation différente avec mes parents. Ma mère n'attend pas ma réponse, continue sur sa lancée :

— Ta sœur qui ne s'intéressait pas à la musique, maintenant, elle va à l'opéra !

Mamma rit. Moi je regarde par la fenêtre de la cuisine. Il fait gris. On dirait que le jour ne se lèvera pas aujourd'hui. Une épaisse couverture de nuages sombres voile le ciel. Les rayons du soleil n'ont aucune chance de percer.

Je me suis levée avant Francis. C'était il y a une heure. J'ai traîné dans mon pyjama aux petits chats délavés jusqu'à ce que l'idée me vienne de téléphoner à ma mère. Je voulais remplir le vide. Cela ne fonctionne pas. Les paroles de ma mère ne compensent rien. Sa voix m'est comme étrangère. Un monde nous sépare.

— Tu écoutes ma chérie ?

J'hésite avant de répondre. Le dernier mot qu'elle a prononcé résonne dans mes oreilles : risotto. Comment est-elle passée de l'opéra au risotto ?

— Bien-sûr, *Mamma*, dis-je espérant pour une fois qu'elle continue son monologue.

— Le risotto, reprend ma mère, les petits de Marta en raffolent. Je vais leur en préparer ce soir. Ce qui restera retournera avec eux.

— C'est bien, dis-je, trempant mes lèvres dans mon café.

Je me suis mise au café. Une habitude qui m'est venue en travaillant. Je ne bois plus de thé. Je ne sais pas si j'aurai le temps de remettre en état mon potager. La menthe reviendra, quoi qu'il arrive, elle n'a pas besoin de moi. Comme je n'en consomme plus, je ne sais pas ce que j'en ferai.

Ma mère me raconte les derniers exploits de Raphaël, l'aîné de ma sœur Magda : il nage enfin sans bouées.

— Ça fait longtemps que tu n'as plus fait de la polenta, dis-je interrompant ma mère qui s'est lancée dans la description des prochains aménagements du jardin.

— C'est vrai, répond *Mamma*.

— Tu pourras en faire à ma prochaine visite ?

— Quand viens-tu *allora* ? me demande ma mère sur un ton qui me fait comprendre que ça fait trop longtemps que je ne suis pas venue.

— Je ne sais pas, dis-je gênée de mes contradictions.

— Il suffit de choisir un jour dans le calendrier, insiste *Mamma*.

Elle a raison mais je n'aime pas y aller sans Francis. Je devrais pouvoir me passer de mon homme pendant un jour du week-end mais j'ai peur de ne pas le retrouver le soir, de me sentir abandonnée de lui. Je ne connais pas pire souffrance. Je préfère rester avec lui tant que je peux. Je devrais le convaincre de consacrer un après-midi à rendre visite à mes parents. Ce n'est pas chose aisée sans une raison valable liée au calendrier : un anniversaire, Noël, Pâques, ou tout autre rendez-vous familial programmé. Francis me dit qu'il perd son temps chez mes parents, que son tarif horaire est bien trop élevé pour cela.

Un bruit d'eau me parvient. Francis s'est levé, il est dans la salle de bains.

— Je te rappelle ok ? dis-je avec précipitation à ma mère.

Elle accepte. J'entends la déception dans sa voix. Je fais la sourde oreille, lui dis que je l'embrasse fort. Je raccroche. Je me sens coupable de me dérober ainsi. Je fais de la peine à ma mère. Je ne suis même pas capable d'être une bonne fille.

Francis apparaît dans la cuisine. Il est nu, me sourit, se gratte les cheveux au sommet du crâne. Sa beauté virile m'intimide et m'attire à la fois. Je me sens toute petite et assez ridicule dans mon pyjama. Je ne me suis pas regardée dans le miroir. De quoi ai-je l'air ? Francis m'embrasse, passe une main dans ma chevelure. La pression sur mes lèvres se fait plus forte. Je laisse faire. La langue puissante de Francis me pénètre. Je me cambre, sentant son torse tout près de moi, sa verge qui se durcit à hauteur de mon bas-ventre. Une sensation que je n'avais pas vécue depuis longtemps. Je n'ai pas arrêté de prendre la pilule. Je n'ai pas osé. J'aurais peut-être dû. Francis se met à déboutonner ma chemise de pyjama d'une main impatiente jusqu'à ce que ma poitrine se dévoile. Je frémis. Francis se met à me malaxer les seins, engouffre sa tête dans leurs rondeurs pour les mordiller.

Je sens la moiteur de mon vagin se transformer en humidité plus franche qui s'accroche au coton du pantalon de pyjama que j'essaye d'enlever en me tortillant comme je peux dans l'étreinte de mon homme. Tirant sur l'élastique, Francis plonge une main entre mes fesses, prolonge le geste pour atteindre ma vulve qu'il caresse. M'aidant de mes orteils agiles, je réussis à me débarrasser du pantalon.

Francis me soulève, me dépose sur le plan de travail. J'ai peur qu'il cède sous mon poids ou de casser un verre, un bol en céramique. Francis me regarde un bref instant, sourit, plonge son visage entre mes jambes. J'attends que le désir me tenaille le ventre, j'attends le moment où je vais me languir de sa verge, mais les sensations sont timides. Elles se révèleront peut-être lorsque je sentirai sa virilité tout à l'intérieur de moi. Francis lit dans mes pensées.

— Viens, me dit-il.

Je ne réponds pas, me laisse porter une deuxième fois. Il me dépose à terre, je me tourne vers lui pour l'embrasser, mais il me retourne, se penche sur mon dos, s'agrippant à mes seins, me mordant la nuque comme un fauve. Il me fait basculer vers l'avant, mes jambes fléchissent. Je suis à quatre pattes sur le sol de la cuisine. Je ne crains pas le froid du carrelage gris moucheté. Mon corps flotte dans une autre dimension. Me tenant fermement par les hanches, Francis pousse sa verge à l'intérieur de moi. Il va tout au bout, cogne la paroi de mes entrailles. La douleur prend le pas sur le plaisir que j'attendais. Francis repart, revient plus fort.

— Doucement, dis-je.

— Shtt... murmure-t-il.

Francis saisit mes cheveux, tire, fait basculer ma tête vers l'arrière. Ma bouche s'ouvre, mes yeux se mouillent, ma respiration s'accélère. Mon corps ne m'appartient plus. Francis se remet à cogner. J'ai mal.

***

Je laisse l'eau chaude de la douche m'envelopper toute entière. Mes cheveux trempés collent dans mon dos. Je me lave l'entrejambe, remonte ma main qui rencontre les parois endolories de mon vagin. J'ai un sentiment partagé. Je n'ai pas eu de jouissance. Je n'ai pas ressenti de désir. La verge de l'homme que j'aime s'est transformée en branches de ronces. J'ai souffert mais je suis heureuse qu'il m'ait désirée, malgré mes kilos en trop, mes mauvaises habitudes et mon hypersensibilité. Devrais-je lui en vouloir de m'avoir heurtée ? J'en suis incapable. J'ai eu mal parce que je n'ai plus l'habitude, c'est tout. Francis a joui après quelques minutes seulement, sans un cri, dans un grognement de satisfaction. Je me suis rapidement relevée parce que j'avais mal aux genoux. J'ai senti sa semence couler le long de mes jambes. Il m'a embrassée, m'a dit qu'il m'aimait plus que tout au monde.

Francis entre dans la salle de bain. Il est joyeux, siffle un air de musique que je ne connais pas. Je ferme le robinet de la douche. Francis me tend la serviette de bain, une relique rose de l'époque de nos études. Je veux la saisir mais Francis me la retire à la dernière seconde. Je bascule vers l'avant. Francis me rattrape, rit, nous enveloppe avec la serviette.

Il serre. Je le mouille. Je lui offre un sourire. Il m'embrasse.
— Tu vois ? me dit-il, sans moi tu tomberais.
J'ai envie de pleurer mais j'ai peur de tout gâcher.

***

Samedi : jour des courses. Francis dit que c'est d'un banal affligeant que de se retrouver avec le monde entier au supermarché. Moi, au contraire, je me réjouis de ce moment car nous nous retrouvons à deux. J'aime faire les emplettes pour notre petit nid. De toute façon, notre rythme « métro-boulot-soirée-dodo » laisse peu de place à l'improvisation. C'est pour cela que Francis accepte, avec une docilité surprenante, les aléas de la vie active.

Nous sommes sur le chemin du retour. Francis conduit. Nous avons pris sa voiture. J'aime me laisser transporter par cette berline bleu marine luxueuse full options, intérieur cuir beige. J'aime l'odeur de cette matière. J'aime sa sensation douce sur la peau. J'aime aussi, mais je ne le dirai jamais ouvertement, le fait qu'elle nous attribue l'image de la réussite. C'est important de réussir dans la vie. J'y tiens, Francis aussi.

***

Francis roule vite. Il est joyeux. Il me regarde un instant avant de tourner à gauche sur le carrefour qui mène à l'autoroute.

— Maud et Olivier nous invitent ce soir, me dit-il de but en blanc.

Je ne réponds rien. J'ai le souffle coupé. Comme si les fréquenter n'avait jamais posé de problème ! Je déteste ce couple qui nous poursuit, qui nous déchire.

Je lance un regard suppliant à Francis.

Mes yeux lui disent : « s'il te plaît, pas ça ».

Il n'en a cure.

— On sera en petit comité. Une dizaine tout au plus, reprend-il.

— Pour quelle occasion ?

— Pour le plaisir. As-tu besoin d'avoir une raison pour voir des amis ?

Je réponds de nouveau par un silence. Francis lit dans mes pensées.

— Contrairement à ce que tu crois, ce ne sont pas des pervers !

— Olivier rode autour de moi. Je n'aime pas cela.

Francis secoue la tête, désapprouve mon argument.

— C'est un couple uni. Tu rejettes tout ce qui sort de ton éducation catho.

— Je ne vois pas où tu veux en venir, lui dis-je énervée.

— On ne termine pas nécessairement à poil à chaque soirée, ni dans les bras des uns et des autres. Mais je ne te mentirai pas : pour évoluer, il faut multiplier les expériences. Ça vaut aussi pour la sexualité.

— Ça me fait mal ce que tu dis.

— Arrête de te voiler la face. À force de te braquer, je vais finir par me lasser de toi. Même si je t'aime, le sexe, c'est important.

Des larmes me montent aux yeux.

— On a fait l'amour ce matin, non ? dis-je la voix étranglée par un sanglot.

Francis soupire.

— Arrête de pleurnicher ! Véro ne te sert à rien ? De toute façon, ce soir, ce n'est qu'un strip-poker masqué. Rien de bien méchant.

— Un strip-poker masqué ? Je n'ai jamais entendu parler d'une chose pareille.

— C'est ce que je dis : tu vas finir par avoir le même esprit étriqué que tes parents.

Je rougis. Je n'avais pas réalisé qu'il avait tant de mépris pour ma famille.

— Si tu ne m'accompagnes pas, ne compte pas sur moi pour rentrer avant demain, dit-il les yeux rivés sur la route.

Je me sens trahie et coupable à la fois. La perspective de me trouver seule ce soir dans le vide de l'appartement me terrorise. Ma peur est plus forte que ma raison. Mon cœur se met à cogner à toute allure dans ma poitrine.

— Je viens, si tu me promets qu'on ne m'obligera à rien, dis-je.

J'entends résonner ma voix dans l'habitacle. Elle m'est étrangère, je ne la reconnais pas. Francis me sourit, passe une main dans mes cheveux.

— Tu vas voir, c'est amusant. J'ai vu de magnifiques masques dans un magasin de déguisements en ville. J'irai les chercher pendant que tu te reposes cet après-midi. J'acquiesce en silence. Francis pose une main sur ma jambe, remonte ma jupe, me caresse l'entrejambe.

— Tu veux que je te ramène un sac de terreau pour le potager, ma fleur ?

J'observe Francis. Il m'a regardée amoureusement puis a ramené sa main sur le volant et ses yeux sur la route : celle que nous prenons en quittant l'autoroute, bordée de magnifiques chênes centenaires, robustes et rassurants. Francis ne me rassure plus. Francis me fait peur mais vivre sans Francis me terrorise. Je suis faible. J'aimerais être un arbre, ne plier que sous la force d'un vent puissant, pour être plus forte qu'une frêle fleur des champs que l'on écrase sans s'en rendre compte, qui ne vit que le temps d'une courte saison. Si j'étais un arbre, je contemplerais le monde depuis ma cime, je l'observerais qui s'anime à mes pieds, j'en analyserais le langage, la grammaire. Je me réjouirais chaque jour d'être à ma place : témoin impartial de la bêtise des hommes. Je ne connaîtrais pas la peur. Car même s'ils se mettaient à me couper le tronc, je saurais que mes restes et mes racines me feraient resurgir de la terre dès le prochain printemps.

***

Il est vingt-trois heures trente. J'attends Francis dans la voiture. Nous avons pris la mienne parce que Francis voulait boire ce soir et parce qu'il ne me laisse pas conduire sa berline. Aussi parce que si c'est lui qui roule, je suis encore plus à la merci de son bon vouloir. Je le suis de toute façon. Il y a trente minutes, Francis m'a dit que je n'avais qu'à rentrer ou l'attendre pendant qu'il terminait le jeu et que si je ne l'attendais pas, il resterait dormir là. Il me l'a dit avec de la haine dans les yeux. Je suis sortie en courant de la maison, j'ai terminé de me rhabiller dans la voiture. Je ne partirai pas sans Francis. Je ne lui ferai pas cette faveur. J'ai froid. Les nuits de mars sont fraiches. Je fais tourner le moteur pour me réchauffer. Je ne pleure pas. Je ne suis pas en colère non plus. Je suis anéantie.

Le film de la soirée se déroule devant mes yeux dans une ronde infernale : l'arrivée joyeuse, masque de plumes de paon pour moi, chapeau borsalino et lunettes de soleil pour Francis. Un verre de champagne planté dans la main avant même d'avoir eu le temps d'enlever ma veste. Je n'étais pas supposée boire. Je m'étais promis d'arrêter après ce premier verre. Tout le monde riait, dansait, m'accueillait chaleureusement. Comme si j'étais l'une des leurs. Puis Francis avait embrassé Maud à pleine bouche, la serrant contre lui d'une main posée dans le bas des reins. Mes joues avaient pris la couleur rouge carmin.

Francis m'avait lancé un regard désinvolte tandis qu'Olivier proposait d'ôter mon imperméable. J'avais bu mon verre cul sec. Aussitôt, Olivier m'en avait servi un autre. J'oubliais mes promesses et Francis ne semblait pas y accorder d'importance. Il revenait sans cesse auprès de moi pour m'embrasser, me mordiller le lobe d'oreille, m'offrir une caresse où bon lui semblait. Les femmes riaient, me proposaient de les rejoindre. Je prétextais devoir aller aux toilettes. Le jeu avait commencé autour de l'immense table à manger en verre dépoli. J'avais enlevé le masque, les dorures irritaient ma peau. Cela avait contrarié Francis. Je l'avais vu à son regard. J'étais la seule de la tablée à montrer mon visage. La seule à perdre trois jeux de suite. La seule à me dévêtir lentement, l'estomac noué, un sanglot retenu dans la gorge. Francis ne faisait rien pour m'aider. Olivier avait posé une main sur ma jambe nue, me susurrant à l'oreille que ce n'était qu'un jeu.

Les filles se parlaient tout bas. Je savais qu'elles riaient de moi. Certaines me regardaient avec une tendresse déplacée, comme si j'étais une petite fille de cinq ans qui a peur de sauter dans la piscine. La main d'Olivier sur ma jambe, ses doigts remontant vers ma culotte, la désaffection de Francis, mes seins qui avaient froid : la violence de la situation m'était devenue insupportable. Je m'étais levée d'un bond, cognant mes hanches contre la table, ruinant le jeu dans un cri : excusez-moi !

La tablée m'avait regardée d'un air ahuri. Francis m'avait fusillée du regard avant de me poursuivre dans le couloir où je m'étais réfugiée pour me rhabiller. C'est là qu'il m'a dit que je pouvais dégager ou l'attendre. Depuis que je l'attends, une seule chose est claire : je veux que tout cela cesse, de préférence rapidement. J'ai l'impression d'avoir passé trente-et-une années à essayer de vivre mais j'en suis incapable. Je suis fatiguée de faire semblant.

La porte d'entrée de la maison de Maud et Olivier s'ouvre. En sort Francis, relevant le col de sa veste en cuir pour se protéger la nuque contre la pluie. Il entre, s'assied à côté de moi. J'ai peur, j'ai mal au ventre. Je vois qu'il est dans une colère blanche.

— On dégage, dit-il avec fureur. Tu m'as fichu la honte, pauvre idiote !

Je n'éprouve pas le besoin de lui répondre. Je sais que toute tentative d'engager une conversation se soldera par un échec, voire un éclatement de violence et de reproches. Le moteur de ma vieille voiture toussote au moment où j'enclenche la marche arrière. J'appuie sur l'accélérateur. Je manque de caler. Francis grogne. Je l'entends marmonner : « Même pas capable de conduire une voiture ».

Je tremble de tout mon corps, mon pied est hésitant. Le moteur s'arrête. Francis râle, frappe du poing sur la boîte à gants.

— Tu pourrais éviter de noyer le moteur ! me hurle-t-il sans me regarder.

Je ne réponds pas. Je prends, aussi vite que je peux, la direction de l'autoroute. Je ne ressens qu'un besoin viscéral de fuir, de dégager, comme le dit si bien Francis. Je n'ai jamais ressenti cela à ce point.

Je m'étonne : je désire le silence. En moi, autour de moi. J'essaye de n'écouter que le son des roues qui accrochent le bitume, des voitures que nous croisons. Francis fulmine. Je le vois qui cherche ses mots. Au moment où je m'engage sur la bande de lancement, il reprend la parole.

— Je ne comprends pas, dit-il d'une voix devenue calme mais glaciale. Comment as-tu pu me faire un coup pareil ?

Comme je ne dis rien, que je ne pleure même pas, il continue.

— Ne viens plus pleurer chez moi si je ne te touche plus, si je me satisfais avec une autre.

Mon silence semble le déstabiliser. Je m'étonne de ma propre réaction. Rien ne me vient. Ni pleurs, ni excuses, ni panique. Francis tape encore du poing, décroise les jambes avec force, manque de me heurter le bras. Je ne réagis pas. Ma douleur dépasse de loin les tentatives d'intimidation physique de Francis. Il grogne, soupire, il est en panne d'inspiration. Il se met à m'observer.

Pendant au moins cinq kilomètres, je sens son regard ricocher sur ma personne. Il se demande pourquoi je ne réagis pas comme à l'accoutumée : en pleurant, implorant son pardon. Je fixe la sortie d'autoroute qui se profile devant moi. Dans cinq-cents mètres, je prendrai la belle avenue bordée de chênes centenaires. Il a commencé à pleuvoir. De lourdes gouttes s'écrasent par milliers sur mon pare-brise. D'un coup d'essuie-glace, je les chasse. La nuit pleure à ma place. Mes yeux sont secs. La coupe n'est pas pleine, elle est vide. L'eau est source de vie. Je suis une source asséchée. Plus rien de bien n'émanera de moi. Le vide était ma terreur ultime mais à force de vouloir l'éviter, je l'ai épousé. J'ai quitté l'autoroute.

Les grands chênes me sourient, leurs branches se laissent aller à une danse nerveuse, leurs troncs solides résistent aux assauts du vent. Leurs bourgeons verts dansent la joie de leur jeune vie. Ils sont plus libres que moi.

— Es-tu devenue stupide au point de n'être même plus capable de t'exprimer ? crie Francis.

Les arbres me proposent une étreinte. Je ralentis pour avoir le temps de les observer. J'aimerais être l'un des leurs, renaître avec des racines plus solides que celles qui m'ont été données, ne plus être cette fleur fragile, si facile à piétiner. Un coup de volant...

La folie est douce, la folie libère, la folie est une évidence : je veux la délivrance.

— Qu'est-ce que tu fous, hurle Francis, accélère !

Je ne suis rien, je me suis confondue au néant. Je ne suis qu'échec : je suis une professionnelle à la carrière hypocrite, une épouse décevante, une sœur distante, une fille défaillante. Je suis un déchet qui se gave de stupéfiants et d'alcool, je suis faible, incapable de maîtriser une émotivité débordante, pathétique. Il faut que cesse cette mascarade. Pour une fois dans ma vie, je sais ce que je veux.

Tout est limpide. Si la petite fleur est fanée, un arbre centenaire lui ouvre grand les bras. J'écrase la pédale d'accélérateur. Le moteur s'emballe. Il est beau ce chêne, il est le

plus gros, le plus fort, il est pour moi. Maintenant, le coup de volant ! Déjà je me sens libre. Francis se jette sur moi pour rétablir la direction, hurle :
— Flora !

JOUR 30

Je suis à l'affût. Je ne décolle plus des urgences. Ma volonté est inébranlable. Je compte bien déloger mon frère de la place qu'il m'a volée pour récupérer mes droits. J'en profiterai pour reconquérir maman. Je l'emmènerai voyager, je la conduirai chez l'esthéticienne, j'irai manger avec elle dans les meilleurs restaurants, je lui achèterai de nouveaux vêtements. Je lui présenterai ma nouvelle femme. J'en aurai une nouvelle. Flora est fichue, fanée. Maman approuvera mes goûts, comme elle l'a toujours fait. Je prouverai une fois pour toutes à mon frère qu'il ne m'arrive pas à la cheville !

En attendant que j'y parvienne, j'ai retrouvé ma place à l'entrée des ambulances. Je ne me fatigue pas. Je reste concentré. Dès que les portes des véhicules s'ouvrent, je saute sur le patient, l'observe, analyse la situation. Si c'est un vieux, je m'arrête là. Si c'est une femme, je vérifie d'abord si elle est bien gaulée. J'espère quand même que l'élu sera un homme. Je ne me vois pas revenir en femme. Mais si c'est le prix à payer pour ma rédemption, je n'hésiterai pas. Par contre, je refuse qu'elle soit moche ou grosse. Ce serait suffisamment pénible de m'habituer à la condition féminine.

Il y a de longs moments d'attente. Je n'en souffre pas. C'est comme si je pouvais me mettre en pause, disparaître dans un espace hors du temps tout en gardant un fil connecté au monde des vivants. Les sirènes des ambulances me font l'effet d'un réveille-matin. Je sursaute, m'active instantanément. Je file à la vitesse de la lumière en direction de l'agonisant qui, bien souvent, n'est pas étonné de voir apparaître un fantôme.

Je ne fais plus que de brèves apparitions dans la chambre de Flora. J'ai trop peur de rater un bon candidat. Mais je ne peux pas m'empêcher d'aller vérifier où elle en est. Son petit jeu de cache-cache me frustre. C'est scandaleux. Si je n'étais pas entré dans sa vie, elle n'aurait pas quitté son petit coin discret dans le laboratoire, elle aurait perçu un misérable salaire de chercheuse payé par les subsides de l'État qui, tout le monde le sait, auraient fini par fondre comme neige au soleil. Elle aurait terminé chômeuse, bonne à retourner chez la *Mamma* pour manger la polenta maison plusieurs fois par semaine. Elle aurait sans aucun doute épousé les mêmes formes disgracieuses et épaisses que sa sœur Marta. Je parie que son père lui aurait laissé un mètre carré de jardin pour qu'elle puisse y laisser pousser sa fichue menthe.

Je ne sais pas s'il vaut mieux qu'elle vive ou qu'elle meure. Dans un sens, je trouverais injuste qu'elle survive à son crime. Parfois je me laisse surprendre par des réminiscences de mon amour pour elle. Je me mets à rêver qu'elle se réveille, qu'elle se reconstruise et que moi, ayant enfin trouvé un corps décent pour m'accueillir, je lui revienne plus fort que jamais pour reprendre notre vie là où nous l'avions laissée. Je n'y crois plus. Elle ne sera jamais pareille. Parfois je me dis que Flora devrait survivre pour expier sa faute. Ce serait trop simple de mourir. Parfois je souhaite qu'elle meure. Qu'on en finisse. Que je puisse passer à autre chose.

J'ai abandonné l'idée de remettre à sa place le vieux errant. Je ne lui ferai pas la démonstration de sa sénilité. Il n'en vaut pas la peine. Ce serait perdre un temps précieux. Je me suis laissé aller à un petit soubresaut de mon égo. C'était le prétexte dont j'avais besoin pour m'échapper, me changer les idées. Quand je le croise, je m'amuse à le choquer en lui sortant des insanités. Il vaudrait mieux qu'il parte pour de bon. L'hôpital n'a pas besoin de fantômes qui traînent dans les couloirs. C'est vrai, les personnes — errantes ou pas — qui luttent pour la vie peuvent se passer de ces âmes encombrantes !

Les images de Jean-François, entouré de mes anciens collègues me reviennent sans cesse. Elles hantent mon âme mais je les chasse immédiatement. Je ne me laisserai pas décourager par ce salopard. Je suis en colère contre maman. Elle aussi m'a trahi. Je reste son fils. Je compte bien le lui faire savoir. D'une manière ou d'une autre, je retrouverai ma place.

J'entends des sirènes. Je les entends qui s'approchent de l'hôpital. Je vois le personnel qui s'active, qui a reçu un coup de fil pour que les spécialistes soient appelés, disponibles. Le véhicule déboule dans le hangar. Les portes s'ouvrent et les premiers soignants s'approchent pour prendre le relai des ambulanciers. Ils font un bilan de la situation : un accident ou un suicide, ce n'est pas clair. Le patient, un homme d'une quarantaine d'années est inconscient, a chuté de plusieurs mètres. Il des fractures aux jambes, visiblement rien de grave au dos mais le plus inquiétant, c'est le crâne. Il est bien possible qu'il ait une hémorragie cérébrale. Il faut l'envoyer au scan sans tarder. Le personnel médical entoure le brancard qui se met à rouler puis disparaît dans les couloirs. Je m'apprête à le suivre quand une voix me retient.

— Alors comme ça, les fantômes existent ?

Je me retourne, j'aperçois la silhouette translucide de l'homme que je viens de voir sur le brancard. Il n'a pas l'air inquiet pour un gars qui est sur le point de passer l'arme à gauche.

— Je n'aime pas être qualifié de fantôme, dis-je.

— Quel autre terme utiliserais-tu pour décrire ton état ?

— Je ne suis pas mort, moi ! dis-je, me rendant compte de l'absurdité de ma réponse.

— T'es dans le coma alors ? me demande-t-il.

— Non plus. C'est un peu long à expliquer. Mais tu ne devrais pas aller voir s'ils arrivent à te récupérer ?

— Tu as raison ! s'exclame-t-il, se souvenant que sa vie ne tient qu'à un fil.

L'homme disparaît à la vitesse de l'éclair. Je reste un moment à ne savoir quoi faire. Devrais-je retourner aux urgences ? Je ne sais même pas si c'est un suicidé. Si c'est un accident, il n'acceptera jamais de me céder sa place. J'aurais alors perdu mon temps. C'est peut-être de la simple curiosité, j'ai envie de connaître la suite des évènements. Je décide de rejoindre l'homme, atterris dans une salle d'opération où les médecins sont occupés à œuvrer dans une zone du crâne. Le scan a dû révéler une hémorragie. Je ne sais pas où est passé le temps. C'est étrange. J'avais le sentiment de ne pas avoir tardé tant que ça. J'écoute les commentaires du neurochirurgien et des infirmiers. Il semblerait que l'hémorragie soit difficile d'accès. Une zone reste inatteignable. Si je comprends bien, il faudra espérer qu'elle s'arrête de saigner d'elle-même. Pendant que j'observe la scène, je ne me rends pas compte que mon candidat me regarde d'un air interloqué. Il n'est pas heureux de me revoir.

— Tu permets ? me dit-il énervé. C'est privé.
— Excuse-moi, c'est plus fort que moi.
— Quoi ?
— J'ai besoin de savoir. Qu'est-il arrivé ?
— Je suis tombé.
— Jusque-là j'avais compris.
— Qu'as-tu besoin de savoir de plus ?
— As-tu tenté de te suicider ?
— Non, j'ai eu un vertige pendant que je me disputais avec ma femme. J'étais assis au bord de la fenêtre pour respirer un peu, j'ai perdu l'équilibre et je suis tombé.
— Merde, dis-je, ne cherchant pas à cacher ma déception.
— Je te remercie de ta sollicitude, me répond le gars un brin ironique.
— Excuse-moi, dis-je encore, je devrais t'expliquer pourquoi je suis là.
— En effet, il serait peut-être temps.
— Je cherche une personne qui aurait tenté de se suicider, qui serait entre la vie et la mort et qui accepterait d'échanger sa place contre la mienne.
— Tu veux dire, qu'il te laisse son corps, sa vie, ses emmerdes et que tu lui cèdes ton aller simple au paradis ?
— En quelque sorte.
— Tu ne serais pas un peu masochiste sur les bords ? Ou totalement fou ?

Je hausse les épaules que je n'ai pas. Je me dis que nous n'avons pas la même conception de la vie. Il fait un tour de la salle, passe un certain temps penché au-dessus de son corps à observer le travail acharné des hommes et des femmes qui cherchent à lui sauver la vie. Il se retourne vers moi, me dit de but en blanc :

— Je le veux bien ton aller simple.

Je n'avais pas ressenti une telle joie depuis longtemps. Je m'entends crier :

— T'es sérieux ? Attends que je t'embrasse !

— Merci mais on va en rester aux remerciements polis.

— Tu es certain de ton choix ?

Un soubresaut de conscience me pousse à vérifier s'il ne le regrettera pas.

— Ai-je l'air d'hésiter ? Mes raisons ne regardent que moi. Allez, vas-y, m'ordonne-t-il. Si tu attends trop longtemps, il sera trop tard. Je le sens bien. Ils sont en train de faire un excellent travail.

Je me dis que je n'ai pas de temps à perdre. Je ne veux pas rater cette occasion ! Je glisse dans le corps du gars qui m'accueille comme une masse molle et visqueuse. En dernière minute, je me rends compte que je ne sais rien de lui. Il est trop tard pour lui demander de me raconter sa vie mais je dois au moins connaître son nom. Je me redresse, l'interpelle une dernière fois :

— Je ne sais même pas comment tu t'appelles !

— Pierre.

Je n'ai pas le temps de lui poser plus de questions. Je suis aspiré dans le corps, je ne peux plus rien faire. Les voix autour de moi se réjouissent de la bonne tournure des évènements.

— On a réussi à le récupérer, dit le chirurgien.

— Faudra bien le tenir à l'œil celui-là, dit une infirmière à forte poitrine. Il ne lui faut pas grand-chose pour basculer.

***

J'ai froid. J'ai froid ! J'avais oublié ce que c'était de ressentir des frissons. Des frissons ! C'est une faible sensation. Ce n'est pas encore très net. Je suis plongé dans un état semi-comateux. Je perçois tout en sourdine : comme si la vie se passait à une certaine distance de moi. Mon nouveau corps est à moitié anesthésié. Je n'ai pas encore testé la vue car je ne me sens pas l'énergie d'ouvrir les yeux. Mon odorat ne distingue rien d'autre que les produits désinfectants. Je n'ai pas mal. Ils m'ont probablement envoyé dans les veines un forte de dose d'analgésique.

***

Une femme est venue me voir. Elle pleurait. J'ai compris que c'est ma nouvelle compagne. Je n'ai pas réussi à voir de quoi elle avait l'air. J'ai entrouvert les yeux, tout ce que j'ai pu saisir, c'est qu'elle n'est pas grosse. C'est déjà ça. Ma nouvelle mère est venue me rendre visite aussi. Une vraie fontaine. Je me rends compte que je me retrouve dans la même situation que Flora. J'observe les allées et venues de mes nouveaux proches. Tous sont en larmes, me parlent sur un ton mièvre, me caressent la main, le front. J'ai le sentiment de me retrouver dans la condition d'un nouveau-né. Il me faut apprivoiser ce corps qui me semble si lourd, je dois réapprendre à bouger mes membres. J'ai peur du moment où j'oserai articuler mes premiers mots. Quelle sera ma voix ? Je dois m'habituer à un prénom : Pierre. Que c'est banal. Je préférais Francis. Quand je serai de nouveau sur pattes, je demanderai de changer de prénom et je reprendrai le mien.

***

Je ne sais pas depuis combien de temps je suis allongé dans ce lit. J'ai l'impression que cela fait une éternité. Me voilà bien vivant ! Depuis quelques jours, les médecins ont commencé à me piquer dans les veines. J'ai voulu contester mais je ne m'en suis pas senti la force. Je dois me faire au retour à la douleur, la fatigue, le poids de la matière. Je me demande ce qu'ils ont soudain à s'agiter autour de moi. J'ai cru comprendre que quelque chose ne tourne pas rond dans mon sang. Un médecin a demandé à ma femme si j'étais fatigué ces derniers temps. Elle avait approuvé, rajoutant que j'avais été particulièrement irascible. Ils avaient terminé leur conversation dans le couloir. Tout cela ne m'inspire rien de bon.

***

J'ai ouvert un œil. Ma femme était penchée au-dessus de moi. J'avais trop envie de voir de quoi elle avait l'air. J'ai vu une paire d'yeux bleus énormes, une mèche blonde qui pendouillait devant un nez aquilin, une bouche charnue entrouverte. J'ai refermé la paupière aussi vite. Ça m'a fait un choc. Non pas qu'elle soit laide. Ses yeux et sa bouche compensent bien la présence d'un nez à la forme disgracieuse. C'est juste que, je ne sais pas... j'ai eu peur... j'ai pensé à Flora. Ma femme s'est mise à hurler mon nouveau prénom. J'ai d'abord cru qu'elle appelait quelqu'un d'autre. Puis je me suis rappelé que Pierre, c'était moi.

***

Médecins et membres de ma famille tiennent un conciliabule dans ma chambre. Il y est question de ma santé. J'écoute attentivement. J'éprouve des difficultés à comprendre ce qui se dit. Les prises de sang ont dû révéler des choses pas très sympathiques. Je commence à douter. Ce n'était peut-être pas un si bon candidat. Une voix plus forte sort du brouhaha. C'est celui d'un homme. Au son de sa voix, je lui devine une certaine autorité. Les autres voix se taisent. Il se met à expliquer qu'il faut souhaiter que je m'en sorte rapidement, que mon état n'est pas encore stable mais que la maladie n'attendra pas que je sois rétabli pour progresser. Quelle maladie ? J'ouvre un œil, j'ai envie de lever le bras pour qu'on me parle. Je n'y parviens pas. Personne ne remarque que j'essaye par tous les moyens de me manifester. Puis le mot « Leucémie » tombe comme un couperet. Mon nouveau cœur en a pris un coup, j'ai ressenti une vive douleur dans la poitrine. Ce n'est pas vrai ! Dites-moi que je rêve ! Je suis dans un tel état que j'en oublie d'écouter le reste des explications. Tout ça pour ça ! J'ai investi le corps d'un mourant ! Je suis condamné à avaler de la chimiothérapie, à voir mes cheveux chuter, ma nouvelle enveloppe charnelle gagnée à la sueur de mon âme dépérir comme une vieille pomme oubliée dans un panier. Je peux oublier mes rêves de reconquête : mon frère restera bien assis sur un trône qui ne lui appartient pas, Flora continuera son chemin sans moi et je devrais mourir une deuxième fois. Comme s'il n'était pas suffisant que je meure une fois. Je ne souhaite cela à personne. Même pas à mon pire ennemi. Même pas à Flora.

***

Depuis l'annonce de mon cancer, je ne pense plus qu'à une chose : je refuse de revenir à la vie dans cette condition. J'attendrai le temps qu'il faudra mais je compte bien dégager avant que les médecins ne m'injectent leur saloperie chimique dans le corps. J'ai peur de devenir fou. J'en veux de plus en plus à Flora. Quelle bourde j'ai faite. Je n'aurais jamais dû aller la voir dans son petit labo.

Je n'aurais jamais dû m'intéresser à ce qui se cachait derrière ces grosses lunettes. J'étais loin de penser qu'il y avait là une meurtrière en puissance qui m'entraînerait dans un périple des plus perfides. J'ai beau analyser la situation sous tous les angles : je suis condamné à mourir une seconde fois. Parce que personne ne survit à une hémorragie cérébrale suivie d'une chimiothérapie ! De toute façon, j'en ai bien assez vu que pour me sentir le droit de refuser ce destin. Je dois mourir encore une fois. Quoi qu'il arrive. Je préfère que ce soit rapide. Je m'efforce d'étouffer chaque soubresaut de mon instinct de survie. Dès que l'envie de vivre pointe le bout de son nez, je lui lance mentalement tous les arguments en faveur de la mort. J'ai décidé de ne plus ouvrir les yeux. Je ne peux malheureusement pas éviter qu'ils m'injectent médicaments et nourriture. C'est ce qui me fait douter. J'ai peur que malgré tous mes efforts, le personnel soignant finisse par gagner et me ramener à une misérable vie dont je ne veux pas.

***

Les médecins ne comprennent pas. J'aurais dû me réveiller. Tout semblait indiquer que j'étais bien parti pour m'en sortir. C'était sans compter sur ma volonté de fer ! Ma nouvelle femme a haussé les épaules, a soufflé : « la médecine n'est pas une science exacte ». Je ne lâcherai rien. Ma réussite dépend de ma persévérance. J'ai exclu le doute de mon vocabulaire.

***

J'y suis presque. Mes paramètres sont en chute libre. Mon pronostic vital est engagé. C'est un peu la panique dans la chambre. Je n'ai aucun regret, à part celui d'avoir choisi un mauvais candidat. J'ai perdu un temps précieux. Je ne sais même pas si Flora est encore en vie. Je ne dois pas m'en vouloir. Il faut procéder par essais et erreurs. Jamais deux sans trois : le troisième candidat sera le bon. Quand je serai mort de nouveau, je m'offrirai d'abord quelques vacances. J'irai voir mes parents, je passerai un moment dans le soutien-gorge d'une jolie petite infirmière. Histoire de me remonter le moral. J'entends les alarmes des machines qui me surveillent, des pas pressés, des gestes vifs autour de moi. C'est bon, c'est le moment. Je me sens plus léger.

Je leur dis : « arrêtez de vous agiter, c'est fini ! ».

Pour la deuxième fois de mon existence, je quitte mon enveloppe charnelle, retrouve ma condition d'âme errante. Mais pour la première fois, je m'en réjouis.

JOUR 40

La lumière du monde n'est pas la même que celle que l'on voit de l'autre côté de la vie. Cette dernière est douce et bienveillante comme une lueur dans un brouillard épais, une bougie qui ne s'éteint jamais. On a beau croire que la lumière qui éclaire la terre est la plus belle, je la trouve dure, manquant de relief, de subtilité. Notre monde est une parenthèse, un sas d'existence. De ce que j'ai pu percevoir, la mort n'est pas un plongeon dans l'obscurité. Les ténèbres sont une invention humaine, une idée simpliste tirée de la pénombre que nous voyons lorsque nous fermons les yeux. Elles sont l'expression de nos angoisses, de notre conscience tourmentée par les erreurs non assumées. La vie existe au-delà de nous, elle est partout, même dans la nuit la plus noire. Les humains ont la prétention de tout vouloir comprendre. Ils sont poussés par une pulsion ancestrale de maîtriser les éléments visibles et invisibles pour faire taire leurs peurs. Misérables petits êtres que nous sommes. La première chose que nous n'ayons jamais comprise, c'est qu'il n'y a rien à comprendre. Depuis que je suis allongée dans ce lit d'hôpital, depuis que j'ai vu les portes de la mort, j'ai au moins compris cela.

Je ne suis pas partie. Je ne me suis pas réveillée non plus. J'ai pris le temps d'observer. Je me suis octroyé une pause hors du temps des hommes. Contrairement à Francis, je ne traîne pas mon âme dans les couloirs. Je n'erre pas comme un chien perdu dans les dédales de l'hôpital. J'ai mieux à faire : un choix. Le plus important de mon existence.

Le moment est venu. Si je ne le fais pas maintenant, la vie choisira à ma place. Qui sait, me ramènera-t-elle dans mon corps, m'obligeant à ouvrir les yeux, à subir la violence électrique des néons ? Décidera-t-elle au contraire d'arrêter les battements de mon cœur d'un coup sec, m'aspirant dans l'autre lumière, celle-là même qui m'apparaît par moments et qui m'attend avec la patience d'une mère ?

Je me demande si ce n'est qu'une chimère, la production d'une réaction chimique dans mon cerveau. Il est bien possible qu'après, il n'y ait rien. Vraiment plus rien, un néant où même le noir n'existe pas. Je rencontrerais enfin la vacuité infinie qui m'a tant hantée tout au long de ma vie.

Jésus, Marie, le Saint-Esprit... *Mamma* ne cesse de prier, de les appeler au secours.

Mamma, ai-je envie de lui dire, les anges n'ont pas la forme humaine. Heureusement, sinon on aurait de quoi s'inquiéter.

Mamma, la mort ne fait pas mal.

Mamma, n'aie pas peur.

Mamma... c'est pour toi que je suis encore là.

Papa s'en sortira, vivra avec sa douleur, me rangera bien au fond de son cœur. Il me parlera en secret, tondant la pelouse, arrachant les mauvaises herbes, épargnant quelques pousses de menthe sauvage en mon souvenir.

Mamma, assise sur le lit, me tient la main, me parle des histoires des voisins. Papa lit le journal, les pages sportives. Francis a quitté la pièce, comme à chaque fois que mes parents me rendent visite. Il reviendra plus tard pour me harceler de ses paroles de plus en plus folles. J'éprouve de la pitié pour lui. Son âme est malade. Mes parents ne sont pas malades. Ils sont comme ils sont : humains. Ni plus, ni moins.

Je serais tentée de revenir rien que pour les serrer dans mes bras, sentir leur odeur sucrée salée, déguster la polenta maison, entendre le carillon de l'horloge dans le salon. J'hésite. J'ai peur d'être happée par le même mal-être que celui qui était devenu maître de moi avant que je ne me jette sur ce beau chêne. J'en suis désolée. Je l'ai fragilisé alors qu'il était là, beau, vaillant, à ravir les yeux des passants. Si je choisis de partir, j'irai le voir pour m'excuser. Un seul voyage hors de mon corps suivi d'un aller simple je ne sais où.

Je ne m'excuserai pas auprès de Francis. Immobile dans ce lit, j'ai revécu l'année écoulée. J'ai réalisé qu'elle n'était pas bien différente de toutes les autres partagées avec lui. Ma vie était devenue un labyrinthe qui ne me donnait aucune chance de me retrouver. Mais le Minotaure ne me mangera pas. Francis a minutieusement coupé chaque fil qui me ramenait à moi. En le faisant, il a coupé celui qui nous reliait à nous. Il s'est perdu dans son propre jeu. J'ai de la peine pour sa famille. Je m'en veux de ne pas avoir pensé à eux au moment de foncer sur l'arbre. J'aurais dû. Je n'ai jamais voulu que cela se termine comme ça. C'est horrible d'en arriver à se suicider. Dommage que je n'aie pas vu d'alternative. J'aurais dû aller chercher de l'aide bien plus tôt. J'espère que Francis se rendra compte de sa part de responsabilité. Il a tourné le volant, a appuyé sur l'accélérateur avec moi. J'étais vulnérable, c'est vrai. Francis m'a méthodiquement effeuillée. Je l'ai laissé faire. Figée dans ma condition, j'ai été complice par omission de ma lente décomposition.

— *Amore*, il est quinze heures ! s'écrie mon père.
— Ne crie pas, houspille *Mamma*.

J'aime quand elle prend ce ton autoritaire, quand la louve en elle se réveille pour me protéger. Papa se redresse dans son fauteuil, se penche pour se rapprocher de ma mère.

— *Scusi ma, amore*, il faut aller chercher Nina à l'école.

Mamma ne lui répond pas. Elle me regarde avec tendresse. Je ne suis pas la femme trentenaire, je ne suis rien d'autre que son enfant. Je me dis que le monde continue de tourner. La vie reprend ses droits. La petite Nina de quatre ans et demi, fille de Matteo mon frère, une petite bouille d'ange aux magnifiques yeux verts, cheveux noirs de jais, attendra bientôt ses grands-parents à la sortie de l'école. *Mamma* lui a sûrement préparé un cake, du tiramisu ou des biscuits. Je parie que Nina trépigne d'impatience d'entendre sonner la cloche. Ma mère m'embrasse sur le front et les deux joues, prend ma main, l'amène à son visage. Je la sens qui hume mon odeur pour s'en imprégner, qui pose ses lèvres sur ma peau, m'embrasse une dernière fois. Papa est plus rapide, il me claque un baiser franc à hauteur de la tempe, me chuchote à l'oreille :

— *Coraggio* Flora. La prochaine fois que je viendrai, je veux voir tes beaux yeux.

Je suis seule. Je sens que mon corps se fatigue de la présence des gens. Il est fragile. Un rien le ferait capituler. Je savoure le moment de paix retrouvé. J'ai besoin de réfléchir. Quelle lourde responsabilité qu'est le choix que je dois faire. Si je pars, je laisse ma famille et mes amis dans le désarroi, je les abandonne à leur douleur. C'est cruel !

Si je reviens, je ne suis pas certaine de me souvenir de ce que j'ai compris, de ce que j'ai vu depuis que je suis dans cet « entre-deux ». Si je réintègre mon corps, s'il s'anime de nouveau, je devrai porter sur les épaules la responsabilité d'avoir tué Francis. Mon cerveau malade me plongera dans la dépression, mon corps meurtri, ses cicatrices, me rappelleront mon crime jusqu'à la fin de mes jours. Savoir que je n'ai pas été seule à le commettre, ne changera rien à ma culpabilité.

Natacha a compris cela. Elle m'ordonne à chacune de ses visites de me taire à mon réveil, de prétendre à l'accident, à l'endormissement au volant. La police a conclu à l'accident. Faute de preuves. Francis en est devenu fou. Il est une âme enragée. Il se marmonne à lui-même des paroles insensées, déverse sa colère sur ceux qui se mettent sur son chemin. Lorsqu'il croise le vieux errant qui a tenté de lui montrer la vérité sur sa personne, il l'insulte. Cet homme veille sur son épouse aux soins palliatifs. Pour passer le temps, il observe ce qui se passe ici. C'est ainsi qu'il en est venu à dire à Francis que son âme est malade, qu'il doit partir se soigner là où le monde n'est plus.

Francis déboule dans la chambre. J'ai failli sursauter. J'éteints ma lumière, me fait toute discrète dans mon corps.

— Flora ! crie-t-il.

Il tourne dans la pièce comme un vieux lion affamé. Il cherche, examine chaque millimètre carré de ma chambre. Le pauvre est toujours à ma recherche. Il ne comprendra pas. Il s'obstine à trouver une solution, à recouvrer une forme humaine. Je crains qu'il soit voué à errer à perpétuité. Je suis tentée de venir lui parler, de le libérer de son ignorance mais je sais qu'il n'entendra rien. Je n'ai plus peur de lui, plus peur qu'il m'abandonne, plus peur du vide. J'ai pitié pour l'enfant cassé en lui, celui qui n'a pas eu ce qui lui fallait. J'espère qu'il trouvera un chemin vers la guérison. Il devra le faire seul. La solitude est son meilleur remède. Après s'être accroché au plafond, avoir tournoyé trois fois autour de mon lit, Francis repart, traversant la cloison à une vitesse fulgurante.

Voilà Natacha. Magnifique ce pull Rock'n Roll noir à paillettes ! Elle me sourit, se débarrasse des échasses compensées en cuir rouge qu'elle a aux pieds, descend de quinze centimètres, vient s'asseoir sur mon lit avec son sac à main en cuir brut, sa veste à poils de je ne sais quoi et son paquet de cigarettes. Elle me regarde intensément. Elle tient dans ses mains de la menthe fraiche en pot. Je n'y crois pas ! Si j'avais pu rire, on m'aurait entendue jusqu'au bout du couloir. Reprenant la mélodie de Brel, Natacha chantonne : « *Je t'ai ramené de la menthe, parce que les fleurs c'est périssaaaable* ». Qu'elle est drôle !

Je l'aime tant. Pour elle aussi, je resterais.

Natacha rajuste une mèche rebelle sur ma tête, en profite pour me caresser le visage. Elle s'approche de moi, m'embrasse sur la joue. Elle est la sœur que je n'ai jamais eue. Mes autres sœurs m'ont rendu visite, bien sûr, mais elles sont tellement prises par leur vie. Elles évitent de venir : on ne sait jamais que le malheur soit contagieux.

Natacha est ma sœur qui n'a peur de rien. C'est étrange, elle ne m'a jamais regardée comme elle le fait aujourd'hui. Elle soupire.

— Ma douce, me dit-elle. Ne reste pas pour nous. Je sais que tu hésites.

Comment le sait-elle ? Suis-je bête, elle a toujours su lire dans mes pensées. Elle reprend :

— Je viens chaque jour parce que je ne veux pas te perdre, parce que c'est injuste, parce que la vie peut être belle.

Je voudrais lui dire que je le sais. Natacha me prend la main. Elle reprend :

— Je fais la dure, mais j'ai peur de ton absence, du vide que tu laisseras derrière toi.

« N'aie pas peur du vide », lui dis-je espérant qu'elle m'entende.

— Je comprends si tu veux partir, dit-elle. Je tiendrai le coup. Ne t'inquiète pas pour moi.

Des larmes roulent sur les joues de Natacha. D'une voix tremblante, elle continue :

— Tu as souffert. Je sais que tu souffriras encore si tu te réveilles. « Je le crains », dis-je.

Natacha marque un temps d'arrêt. Il me semble qu'elle écoute le silence. Elle ne prend pas la peine de sécher son visage mouillé, de rectifier son apparence. Je sais qu'à cet instant, elle s'en moque éperdument.

— Tu as peur de revenir n'est-ce pas ?

Natacha me prend par les épaules, les serre délicatement entre ses grandes mains aux doigts fins.

— Si tu reviens, c'est pour toi, rien que pour toi ! m'ordonne-t-elle.

Natacha a la sagesse de celles et ceux qui voient au-delà de leur propre personne, qui n'observent jamais rien sous un seul angle. Elle dit vrai. Je ne dois pas revenir pour mes proches qui souffrent de me voir partir. Je dois revenir seulement si je ressens le besoin de vivre dans ce monde, de jouer les jeux de la société, de vivre les plaisirs, les douleurs de la chair et de l'esprit. Je dois me poser cette question : ai-je envie d'être en vie ?

Natacha me fixe de ses grands yeux bruns. Elle semble attendre une réponse, essuyant d'un geste vif une larme restée calée dans le coin de son œil gauche. J'aimerais bien revenir pour la serrer dans mes bras mais je n'en ai pas la force.

« Je ne peux plus », dis-je en un souffle.

J'ai véritablement senti la respiration : ma poitrine s'est gonflée puis elle est retombée d'un coup sec, libérant l'air que j'avais inhalé. Mon corps se fige, Natacha se jette sur moi.

— Flora !

Je quitte mon enveloppe charnelle, entoure mon amie de toute mon âme. Je lui dis que j'ai confiance en elle, qu'elle s'en remettra, que je ne l'abandonnerai pas. Alertés par des alarmes qui se sont mises à hurler, médecins et infirmiers accourent, se précipitent sur moi. Natacha est obligée de quitter la chambre. Je la suis. Elle s'assied sur un banc, plonge son visage dans ses mains. Un sanglot profond la fait tressaillir. Je décide de rester un peu auprès d'elle. Je réalise soudain que je me suis rendue visible à Francis. Un bref instant, je perçois la peur de la confrontation, mais elle glisse sur mon âme, ne me pénètre pas. De toute façon, Francis est absent. Je parie qu'il est aux urgences, totalement obsédé par sa folle recherche du bon candidat suicidé-raté. Natacha renifle grassement, fouille dans la poche de son jean, en sort un mouchoir, se mouche bruyamment. C'est bien, elle reprend le dessus.

« Tu es forte mon amie », lui dis-je.

Natacha hoche la tête.

— T'aurais quand même pu attendre un peu, me reproche-t-elle entre deux hoquets.

Au bout du couloir, j'aperçois le vieux errant. Il tient son épouse par la main. Elle est libérée de son mal. Comme dans un épais brouillard, j'observe leurs silhouettes qui s'évanouissent au loin. À mon tour, je m'en vais les rejoindre, arpenter cet ultime chemin.

Parus dans la collection « Littératures »

Françoise Duesberg, *Pierre papier ciseaux. Nouvelles*. ISBN : 978-2-8061-0361-1 • 2017 • 142 pages • 14,50 €.

Richard-Yves Storm, *J'avais quinze ans en 1940*. ISBN : 978-2-8061-0339-0 • 2017 • 150 pages • 15,50 €.

Martine Roland, *Novaya Era, ou la femme qui perdit deux fois la tête*. ISBN : 978-2-8061-0340-6 • 2017 • 142 pages • 14,50 €.

Jacques Ménassé, *Papier de riz*. ISBN : 978-2-8061-0338-3 • 2017 • 194 pages • 18,50 €.

Michel Cornélis, *Ruptures en bord de rêve*. ISBN : 978-2-8061-0321-5 • 2017 • 138 pages • 14 €.

Damien De Failly, *Aventures en courrier express. Tribulations d'un coursier*. ISBN : 978-2-8061-0301-7 • 2016 • 208 pages • 19,50 €.

…

Retrouvez toutes nos publications sur www.editions-academia.be.